賞金首始末

剣客相談人13

森詠

時代小説

二見時代小説文庫

目次

賞金首始末——剣客相談人13

第一話　神隠し

一

蠟燭《ろうそく》の炎がかすかにじじっと音を立てて揺れた。

座敷の壁に映った二人の黒い影は、向かい合ったまま微塵《みじん》も動かなかった。

長い沈黙のあと、下座にいる商家の主人然とした男が低い声でいった。

「いかがでございましょう。お引き受けいただけますかな」

小太りの商家の主人は手許《てもと》の切り餅《もち》一個を、そっと相手の前に押した。

「お引き受けいただければ、これは支度金としてお遣《つか》いください。先生が首尾良く、相手の首を取った暁《あかつき》には、別途、謝礼として、五百両を御用意いたします」

浪人者は腕組をしたままだった。

「拙者《せっしゃ》が、首尾良く相手を仕留めることができるとは限らぬ」

「いえ、先生ほどの腕前ならば、相手がいかな剣客であれ、先生が不覚を取るとは思えませぬ」

商家の男は、見るからに裕福そうな旦那然としている。向かいに座っている先生と呼ばれた侍は、継《つ》ぎ接《は》ぎのあたった着物を着ており、月代《さかやき》はなく、無造作に髪を後ろに束《たば》ねて髷《まげ》にしている浪人者だった。

「なにゆえに、その剣客相談人の首が欲しいというのだ？」

商家の旦那は、湯呑み茶碗の茶をゆっくりと啜《すす》った。

「先生、どうしても、訳が知りたいのでございますか？」

茶碗を受け皿に戻しながらいった。

先生と呼ばれた浪人者はゆっくりと首を左右に振った。

「いや、訳は尋ねまい。引き受けた以上、訳をきいても致し方があるまい。かえって迷いが生じよう。拙者は約束の金さえ頂ければ何もいうことはない」

「それが賢明でございます。依頼人も訳は話せない、としています。先生が、もし、訳を知ったら、今度は先生の命が狙われることになりましょう。先生ばかりか、奥方様やお子様までも危うくなりましょう」

浪人者は静かな口調でいった。

「拙者に脅しはきかぬぞ」

「存じております。老婆心ながら、申し上げたまでにございます。どうぞ、お忘れになってくださいませ」

「では、これは遠慮なく頂こう」

浪人者は膝の前に置かれた切り餅を、懐に捻《ね》じ込んだ。

「どうぞ」

「いつまでに斬れと申すのか？」

「早ければ早いほど。遅くても、年が改まらぬうちに」

「よかろう。年内ということだな」

「さようにございます。実はほかにも、剣客相談人の首を狙っている者がおりますゆえ、先に始末されたがよかろうか、と」

「なんだと？　依頼したのは、それがしだけではなく、ほかにもいるというのか？」

「いえ。そういうことではなく、剣客相談人の首には密かに懸賞がかけられております。そのため、その懸賞金欲しさに、相談人の命を狙う者が、いろいろ出そうなのでございます」

「なに、剣客相談人は賞金首だというのか？」

「さようにございます」

「かけられた懸賞金はいかほどだ？」

「いまのところ、百両にございます」

「百両だと？　安いな。いまは、ということは、もっと上がるというのか？」

「はい。手強《てごわ》ければ、それなりに」

「いったい、誰が剣客相談人の首に懸賞をかけたというのだ？」

「私同様、闇の差配人にございます」

「いったい、誰だというのだ？」

「それは申せません。闇のことは闇のまま、いっさい口にしないのが、私どもの掟《おきて》にございます。御勘弁ください」

「……ほう。掟でいえぬか」

「はい」

扇屋《おうぎや》は笑いながら、頭を左右に振った。

浪人者は扇屋の顔をじっと睨んでいたが、やがて、うなずいた。

「よかろう。拙者には関係ないことだ。拙者は、依頼された首を取ればよいだけのこと。もし、拙者よりも先に剣客相談人の首を取った者がいたら、拙者が頂くはずの金は、いかがあいなる？」

「当然のこと、ございません」

「だろうな。それはそうとして、懸賞金が百両だということで、拙者の報償が少なくなるようなことはあるまいな」

「うちはお約束の通り、まず五百両に変わりはありません」

「確かだな」

「確かにございます。商売人の私どもは、口約束でも、一度交わした契約は、どんなことがあっても守るしきたりになっています」

「おぬしの、その言葉を信じよう。では、拙者はお暇《いとま》しよう」

浪人者は後ろに置いた刀を左手で摑み、立ち上がろうとした。

浪人者は動きを止めた。

殺気だ。

隣の部屋との間の襖の陰に何者かが隠れている。それも四人。

膝立ちの姿勢のまま、素早く左手の親指で刀の鯉口《こいぐち》を切った。

「扇屋、これは、いったいどういうことだ？」

襖越しに殺気が押し寄せて来る。何人かが斬りかかろうとしている。

「…………」

扇屋と呼ばれた男は答えなかった。

「出て来い。そこに隠れているのは分かっておる。出なければ、こちらから参る」

浪人者は刀の柄《つか》に手をかけたまま、襖の陰に潜む刺客たちを睨んだ。足を運ぼうとしたとき、扇屋が待ったをかけた。

「奥の方々、そこまでで、よござい ましょう。どうぞ、刀をお引きください」

扇屋は襖の陰に潜む者に声をかけた。

気配が消えた。

「お見事です。さすが先生。よくぞ、お気付きになられた」

浪人者は襖越しに相手を窺った。

殺気は消えていた。

「これで、依頼人も、先生が並みの腕前ではないことが分かったことでしょう」

「……拙者の腕を試そうとしたのか」

浪人者は襖に手をかけ、さっと開いた。

隣の部屋には、誰もいなかった。

だが、つい先刻まで、確かに人が潜んでいた。その気配がかすかに残っていた。

廊下の障子が開いたままになっている。

「逃げ足の速いやつ」

「先生、どうぞ、お気を悪くなさらぬように。依頼人としても、お金を出す以上、先生の腕前を知っておきたかったのでしょうから」

扇屋がにこやかに笑っていた。

浪人者は、扇屋を振り向いた。

「申しておく。次に同じようなことがあったら、誰であれ、許さぬ。そう依頼人に伝えておけ」

「分かりました。よく伝えておきます」

扇屋は平伏した。

「では、ごめん」

浪人者は左手に刀を携《たずさ》え、障子戸を開いて、廊下に出た。

「おーい、女将《おかみ》、先生がお帰りです。玄関まで御見送りをして」

扇屋は顔を起こし、大声で女将を呼んだ。

「はーい、ただいま」

廊下の奥から女将の返事がきこえた。

二

暑かった夏も、いつしか終わり、近くの林の葉が赤色や黄色に変わりはじめていた。築地塀《ついじべい》から張り出した木の枝に赤く熟した柿の実が撓《たわ》わに実っている。

若月丹波守清胤《わかつきたんばのかみきよつぐ》改め大館文史郎《おおだてぶんしろう》は、茶屋阿多福《おたふく》の店先の縁台に座り、煙草《たばこ》を燻《くゆ》らせながら、過ぎゆく夏を惜しんでいた。

通りを行き交う人々も、いまでは浴衣《ゆかた》姿や薄着姿が消え、上掛けを羽織ったり、厚着姿に衣替えしている。

陽はだいぶ西に傾き、そろそろ夕刻になろうとしていた。

空の雲も、やや赤みを帯びた色に染まりはじめていた。

刻一刻、江戸の町は黄昏《たそがれ》て行く。

通行人たちは背を丸め、足早に通り過ぎて行く。

風も少しばかり肌寒くなっている。

あたりに夕餉《ゆうげ》の仕度をする薪《まき》を焚《た》く白い煙が棚引き出している。

秋の夕陽は釣瓶落《つるべお》とした。

陽が落ちれば、すぐに町も通りも夕闇に包まれる。

文史郎は、そんな夕暮時の町の風情《ふぜい》を眺めるのを、こよなく愛していた。

「お殿様、粗茶ではございますが」

茶屋の女将が愛想笑いを浮かべながら、文史郎の脇に、湯呑み茶碗と大福の皿を載せた盆を置いた。湯呑み茶碗から玉露《ぎょくろ》の香りが匂い立っている。

「うむ。頂こうか」

文史郎は煙管《きせる》の首を灰吹きに叩いて灰を落とした。

女将は困惑した顔をした。

「お連れ様、遅うございますね。ほんとうに、こちらでお待ちになられますか？　表は寒うございますよ。中のお座敷の方が暖こうございます」

「ははは。このくらいの寒さが我慢できぬようでは、寒さ厳しい冬を越すことはできまいて。暗くなるまで、ここで待たせてもらうぞ」

「さようでございますか」

女将はさりげなく鬢《びん》に手をやり、科《しな》を作って微笑《ほほえ》んだ。

女将には、上品な艶《つや》がある。肌が抜けるように白い。丸顔で目鼻立ちが品《ひん》よく整っている。いつも優しい笑顔を絶やさない。

文史郎は、ふと在所の隠れ里にいる愛妾の如月《きさらぎ》を思い出した。女将は如月とほぼ同じ歳格好に見えた。いまごろ、如月と娘の弥生《やよい》は、いかがいたしておろうか、と思った。

文史郎は湯呑みを両手で押し戴くようにして、熱い茶を啜った。鼻孔を上等な玉露の芳《かぐわ》しい匂いが擽《くすぐ》った。

傍らの縁台で、髯《ひげ》の大門甚兵衛《だいもんじんべえ》と、爺《じい》こと篠塚左衛門《しのづかさえもん》が互いに真剣な面持ちで、盤上の駒を睨んでいた。

女将は仲居が運んできたお茶の盆を、大門と左衛門の脇にも置いた。

「お茶をどうぞ」

「おう、女将、かたじけないのう」

「かたじけない」

大門が相好《そうごう》を崩し、さっそく大福を摘み上げ、口に頬張った。

左衛門はしかめ面で将棋の盤上を睨んだまま、礼だけをいった。

「では、どうぞ、ごゆるりと」

女将はそういい、店内へと引っ込んだ。店の中から、女将を呼ぶ客の声がした。

文史郎は煙管の火皿に莨《たばこ》を詰め、火種に近付けて火を点《つ》けた。

夕空に箒《ほうき》で掃いたような白い雲の筋が幾重も走っている。

文史郎は煙管を燻らせ、在所の那須《なす》に思いを馳せた。

いまごろ、那須の山々は頂きまで紅葉に覆われ、錦色に染まっていることだろう。

田圃《たんぼ》の稲刈りは終わり、五穀の取り入れも終わって、いまは農家の人びとが一年で最ものんびりと寛《くつろ》げる季節だ。

今年、在所は豊作だときいた。

村々の鎮守《ちんじゅ》の森は、さぞ秋祭りで賑わっていることだろう。

耳を澄ませば、風に乗って、祭り囃子《ばやし》や太鼓の音、那須音頭の唄声がきこえるような気がする。

きっと農家の庭先の柿の木には、真っ赤に熟した柿の実が撓《たわ》わに実り、農家の軒下には吊し柿が並んでいる。そんな農家の庭先を、放し飼いしている鶏《にわとり》を追い散らして、子供たちが駆け回っている。

文史郎は煙管を燻らせ、目を閉じて、懐かしい田舎《いなか》の風景を想った。

「王手飛車《ひしゃ》取り！」

左衛門の声が静けさを破った。

文史郎は目を開けた。

「待った、待った。その一手待った」

大門が手で左衛門を制した。

「駄目でござる。これで待ったは、四度目ですぞ。仏の顔も三度までででござろう」

「爺さん、そこをなんとか頼む。爺さんと拙者の仲ではないか。一生のお願いだ。これこの通り」

大門は左衛門に手を合わせた。

左衛門は煙管の首を灰吹きに叩き、灰を落とした。

「なりませぬ。往生際《おうじょうぎわ》が悪いですぞ、大門殿」

「殿、どう思いますか？　この爺さんの頑固ぶり。一手くらい待ってもいいと思いませんか。減るもんじゃやなし」

大門はぶつぶついいながら、不承不承《ふしょうぶしょう》、玉《ぎょく》の駒を動かし、金の後ろに移した。

「そう。それでいい。では遠慮なく」

左衛門は飛車の駒に手を延ばし、摘《つま》み上げた。成り馬になった角《かく》をぴしりと盤上に置いた。

「……参ったなあ」

大門は腕組をし、唸《うな》った。

「さ、大門殿、もうあきらめなされ」

「いや、まだ起死回生《きしかいせい》の一手があるはず」

「下手《へた》な考え休むに似たりですぞ」

左衛門は会心の笑みを浮かべ、余裕の煙管を吹かしはじめた。

文史郎は、左衛門の肩越しに盤上の駒の様子を眺めた。

将棋は終盤に差しかかっていた。大門は飛車と角を取られ、自陣の奥深くまで攻め込まれていた。玉を守る駒は金と銀一枚ずつしかなく、持ち駒も歩二枚と桂馬《けいま》一枚になっていた。起死回生の一手は望むべくもない。

大門の玉は自陣の隅に追い詰められ、逃げ場のない穴熊《あなぐま》になっている。絶体絶命だ。あと四手、いや五手ほどで、大門の詰みだ。

左衛門は勝ち誇った。

「大門殿、敗けを認めて、投了《とうりよう》なさったらいかがですかな」

「いや、まだまだ。城が落ちるまでは、まだ脱出の望みがある」

大門は、まだあきらめきれぬ様子だった。

ばたばたと人の走る足音が立った。通りを走る長屋のおかみたちの姿が目に入った。

あたふたと走って来るのは、お寅《とら》やお米《よね》らおかみ、清吉《せいきち》や弥太郎《やたろう》ら亭主たちだった。

「殿様、お殿様あ」

「殿様。ていへんだあ」

おかみや亭主たちは、息急《せ》き切って文史郎たちの前に雪崩《なだれ》込んだ。

お寅やお福《ふく》、大工の清吉や左官の辰吉《たつきち》も、みな息が上がり、肩で息をしていた。

文史郎はみんなを見回した。

「お寅さん、お福さん、それに、辰吉さん、いったい、どうしたというのだい。みんな、何をそんなに慌てておるのだ……」

みんなは一斉に文史郎に訴えた。

「殿様、助けてやってくだせえ」「たいへんなんです。いなくなっちまったんです」

「神隠しに遭《あ》っちまったんで」「お願いです。助けてあげて」「大家の安兵衛《やすべえ》さんが、大至急、お殿様を探して来いって」「そんで、あっしら、こうやって、お殿様たちを捜していたんでさあ」

文史郎は皆を制した。

「そういっぺんに皆にいわれても何がなんだか分からない。誰か、分かるように話してくれんか」

「だからよ。ええい、じれってえな。辰、なんとかいいな」

清吉が傍らの辰吉の背を叩いた。辰吉が押されて前に出た。

「……お殿様、そんなのんびりしている場合ではないんで……だからさ」「消えちまったんでさ」

お福が辰吉を押し退けた。

「辰さんたちは駄目なんだから。長屋の子供が三人も消えてしまったんですよ」

「きっと誰かに攫《さら》われたんだ」「いいえ、きっと神隠しじゃないかね」「ともかく、殿様、お願い。子供を捜してくださいな」

またおかみたちが口々にいい出した。

「いったい、ぜんたい、何があったというのだね。お福さん、話してくれ」

お福がようやく息を整え、文史郎の膝にすがった。

「うちの長屋の、お光《みつ》やお徳《とく》、おさきの三人が、広小路《ひろこうじ》に出掛けたまま、昼過ぎになっても、帰って来ないんです」

お寅が勢い込んでいった。

「いっしょにいた子供たちによれば、三人は揃って見世物小屋に入ったらしいんです。で、それっきりなんでやす。いつまで経っても三人は出て来ない。それで、子供たちは小屋の若い者にかけあって、中に入ろうとしたらしいんですが、叩き出された」

「それで、子供たちは急いで長屋へ帰り、お光ちゃんのおっかさんに報せた。そうしたら、今度は、お光やお徳、おさきのおっかさんたちが見世物小屋に駆け付けたんですけど、若い衆に、けんもほろろに、そんな子は知らない、小屋にはいない、と追い返されたんです」

「で、辰吉さんたちが小屋に押しかけ、興行主に談判《だんぱん》して、小屋ん中を隈無《くまな》く捜したんですけど、三人の子供たちの姿はなかった」

「そいで、みんなで小屋の周りや近所を捜し回ったんですが、三人はどこへ消えたのか、まったく行方が分からないんです」

「きっと神隠しに遭ったんだろうって、お光やお徳、おさきのおっかあたちは気が狂わんばかりに騒いでいるんです」

「神隠しでなければ、三人は誰かに攫われたか、拐《かどわ》かされたんじゃねえかって」

清吉も辰吉も口々にまくしたてた。

「大家さんが、すぐにお殿様たちを捜し、長屋にお戻り願えと」「そうなんで。どうか、あっしらといっしょに長屋へ帰ってくだせえ」「長屋の連中が、みんな殿様のお帰りを首を長くして待っていやすんで」

文史郎は長屋の住人たちを見回し、宥《なだ》めた。

「そうか。話は分かった」

「爺さん、こんな将棋を指している場合ではござらぬぞ」

大門は盤上の将棋の駒を両手で乱雑に崩した。

「ああ、大門殿、なんてことをなさる。それはない。あと三手で詰みだったのに」

左衛門は目茶苦茶になった将棋盤上を見ながら憤然とした。

大門は、まあまあ、と手で取り成した。

「ともあれ、長屋の一大事。さ、殿、ぐずぐずせずに、すぐ長屋に戻りましょうぞ」

大門は立ち上がり、文史郎を促した。

「長屋へ戻ろう。もしかして、三人は戻っておるかもしれぬ」

左衛門が文史郎を止めた。

「殿、口入れ屋の権兵衛《ごんべえ》殿のお話し合いは、いかがいたしましょう？」

「火急のことだ。爺は、ここに残って権兵衛が来るのを待ってくれ。どんな話か、爺がきいておいてくれ。いいな」

「はっ。さようにいたします」

左衛門は不承不承の面持ちでうなずいた。

「では、爺さん、いまの勝負はなかったことにして。後日、もう一度あらためて対局するということに。では、殿、参りましょうか」

大門は縁台から腰を上げ、文史郎に行こうと促した。

三

町には、夕闇がひたひたと水のように押し寄せていた。

文史郎と大門は、お福やお寅ら長屋の住人たちに手を取られるようにして、安兵衛店へと駆け付けた。

木戸番の番屋には、裏店《うらだな》の店子《たなこ》たちが大勢詰めかけていた。部屋には蠟燭が何本も立てられ、部屋の中を明るく照らしていた。

文史郎と大門を見ると、長屋のおかみたちや亭主たちはほっとした顔になった。

「お殿様、大門様、さ、どうぞ、上がってくだせえ」

「あ、お殿様、大門様、さっそくにお戻りいただいたのですね。ありがとうございます」

大家の安兵衛が二畳ほどしかない板の間の奥から顔を上げた。

傍らに泣きじゃくる男の子たちの姿もあった。

「お殿様、お願いです、うちのお光を捜してください」

「うちの子も」「うちのおさきも」

お光の母お恵《けい》、お徳の母お清《きよ》、おさきの母お隈《くま》が文史郎と大門にすがった。

「分かった。なんとか、いたそう」

文史郎は大門と顔を見合わせた。

「まだ三人は帰っておらぬのだな」

番屋に詰め掛けていた住人たちは文史郎と大門に席を開けた。

「さ、奥へ、どうぞ、お上がりになってください」

文史郎と大門は刀を腰から抜き、手に下げて、上がり框から板の間に上がった。

「お殿様、御足労いただき、ありがとうございます」

大家の安兵衛が青ざめた顔で文史郎を迎えた。

「なに、日ごろ、お世話になっている長屋の人たちのためだ。礼には及ばない」

文史郎は大家の前にどっかりと胡坐《あぐら》をかいた。

「おおよその話は、お福さん、お寅さんたちにきいた。夕方になっても、お光、お徳、おさきの三人が帰らぬというのだな」

「はい。そうなのです」

「それは、心配であろうのう」

お恵が文史郎の膝に躙《にじ》り寄った。

「うちのお光、殿様はお分りになりますね」

「うむ、もちろんだ」

文史郎はそう答えたものの、お光も、お徳も、おさきも、ろくに覚えていなかった。

だが、髪を振り乱しているお恵の顔を見ているうちに、同じようなきつい目をした娘を思い出した。

日焼けして浅黒い顔をした、元気な、少々御転婆《おてんば》な少女だった。

「お殿様、うちのおさきも、分かりますよね」

おさきの母お隈が文史郎にいった。

「うちのお徳は?」

お清も身を乗り出した。

「もちろんだ。みんな、よく知っておるぞ」

とはいうものの、内心では、お徳もおさきも、ぼんやりとしか覚えていなかった。

「よかった」

お隈とお清が手を取り合うようにしてうなずきあった。

おさき？

小太りのおさきの母お隈を見ているうちに、おぼろではあったが、母親同様、小さくて丸い体付きの、おしゃまな娘を思い出した。

唇の脇に小さな黒子《ほくろ》がある可愛げな娘で、一番の器量よしかもしれない。そうだ、きっと、あの娘がおさきだったに違いない。

お徳は、背が高い母親のお清を見ているうちに、はっと思いあたった。

長屋で走り回る子供たちの中で、痩せっぽちで、ひょろりと背が高い少女がいた。

お清のような細面で、三人のなかで、一番大人びている娘だ。

「お徳は、いくつになるのかな？」

「まだ十歳になったばかりです」

「うちのおさきは、まだ九つですよ」

「お光も九つ」

「そうか。まだ、みんな、これから大人になる大事な年ごろだのう」

文史郎は腕組をした。

「安兵衛、町方《まちかた》へは届けたのか？」

「いえ、まだ。夕方まで待ってから、届けようと思いまして。あまり早く届けて、もし、戻って来たら、お役人に申し訳が立ちませんから」

安兵衛は心配顔でいった。

「そんな遠慮はいらぬ。誰か、すぐにでも町方へ届けたらいい。こういうことは、町方なら、すぐ調べてくれる。大門、どうだ、定廻《じょうまわ》り同心の小島啓伍《こじまけいご》に来てもらっては」

「そうですな。それがいいでしょう。では、拙者が奉行所へ行って呼んで来ましょう」

大門は立ち上がり、そそくさと木戸番屋を出て行った。

「その子たちが、三人の女の子たちといっしょに見世物小屋へ入ったのだな」

「はい。さ、太吉《たきち》、善吉《ぜんきち》、さっそくにお殿様にお話ししな」

泣きじゃくっていた男の子の一人が、くしゃくしゃになった顔を上げた。

「お姉ちゃんたちに連れられ、善吉といっしょに見世物小屋に入ったんです」

太吉が話し出すと、お隈が身を乗り出した。

「この太吉は、おさきの弟です。どうやって見世物小屋なんかに入る木戸銭を持っていたのやら。おさきは一銭も持っていなかったはずなんです」

「そう、うちのお光も、お駄賃なんか一銭もなかったはず」

「お徳も持っていなかったはず」

お清とお恵もうなずき合った。

「お姉ちゃんたち、お金を持っていたよ。なあ、善吉」

太吉は母親の顔を盗み見ながらいった。

「まあ、いったい、誰が持っていたっていうんだい？」

善吉は、しゃくりあげるのをやめて、うなずいた。

「おさきねえちゃんも、お徳ちゃんも、お光ちゃんも、みんな貯めたお小遣いを持っていたよ」

「まあ」

お隈は、お清やお恵と顔を見合わせた。

「だって、お小遣いを貯めて、祭りの日に、みんなで見世物小屋へ行くのを楽しみにしていたんだもの」

「おいらたち、お金がなかったけど、小屋の人が、おねえちゃんたち三人が木戸銭を払うなら、二人分はおまけしておこうといって、小屋に入れてくれたんだ。な、そうだよな」

太吉は善吉を見た。

「そうなんだ。木戸番の兄さん、気前がよかったよな」

「どんな見世物だったのだね？」

「六尺以上もある大イタチというのがあって、見てみたら……なあ、善吉」

太吉は善吉と見合って顔をしかめた。

「どうした？」

「大きな板一枚が立て掛けてあって、そこに血が付いててさ。それで大イタチ」

「馬鹿馬鹿しいったらありゃしない。そんなでたらめな見世物に金を出すなんて」

お隈が腹立たしげにいった。

文史郎は太吉と善吉に尋ねた。

「ほかには？」

「ろくろっ首のお姫さんとか」

「髪をもじゃもじゃ生やしただけのオオカミ女だとか」

太吉と善吉は交互に話し出した。

「米俵十俵も持つ大女もいた」

「竜宮城帰りの浦島太郎のお爺さんだとか」

「白い灰を撒くだけの花咲か爺じい」

「頭は馬だが、胴体は鹿、尻は寅という張り子もあった」

「いろいろあったけど、さっと見てしまい、あまりおもしろくなかったんで、先に出ているよ、ってお姉ちゃんたちにいい、小屋を出たんだ。そこで、善吉と二人で、広場でほかの小屋の様子を見たりして、ぶらぶらしながら、お姉ちゃんたちが出て来るのを待っていたんだ」

「そうしたら、いつまで経っても、お姉ちゃんたちは出て来なかった。で、心配になって、小屋に戻り、木戸番のお兄さんに、お姉ちゃんたちが出て来ないから、迎えに入ってもいいかっていったら、木戸銭を払わねば駄目だといわれた。外で待っていれば、出て来るから、って」

「小屋に入ったのは、何時《なんどき》ころだった？」

「朝、小屋が始まって、すぐ」

文史郎は安兵衛の顔を見た。

「ということは、何時かのう？」

「おそらく、昼四ツ（午前十時）ころではないですかな」

「で、お昼をとっくに過ぎても、お姉ちゃんたちが出て来ないんで、心配になった。

もしかして、うちに帰っているんじゃないか、と思って家に戻ったら、まだ帰っていなかった。それで、かあちゃんにいったんだ」

文史郎はお隈に向いた。

「で、お隈たちは、いかがいたした？　小屋へ行ったのだろう？」

「はい。お清さんやお恵さんといっしょに、太吉に案内させて、急いで広小路の見世物小屋に出掛けたんです。そうしたら、やっぱり、そんな三人の子たちは知らないって。とっくに見おわって出て行ったのだろうと。中に入れてといったら、木戸銭がなきゃ、小屋には入れないの一点張りでした」

お清があとを引き取った。

「入れろ入れないで、一悶着《ひともんちゃく》があって、わたしゃ、堪忍袋《かんにんぶくろ》の緒を切った。大工をしている亭主の現場に出掛けて、告げたら、亭主も怒って、さっそく見世物小屋に乗り込んだんです。あまりの亭主の剣幕に、見世物小屋の若い衆も驚いて、小屋の中に入れてくれたんです」

お恵が続けた。

「入ったら、ちょうど店仕舞いをする時刻で、小屋の中はがらがらで、客の姿はほとんどなかった。みんなで、小屋の中を捜したけど、お光もお徳もおさきも、どこにもいなかった。小屋の主人は、それ見たことか、とせせら笑いをするばかりで」

　お隈がうなずいた。

「そう。その上、三人の娘は、もう長屋に戻っているんではって。急いで帰ってみたけど、やはり三人は戻っておらず、大騒ぎになったんです」

　お清が心配顔で文史郎に訊いた。

「ねえ。お殿様、あの子たち、どうしているんでしょ？」

「まさか、人攫いに攫われて、どこか異国へ売り飛ばされているなんてことになったら、どうしよう」

　お恵が心細そうにいった。お隈も身を竦《すく》めた。

「女の子だから、もしや、悪い男の餌食《えじき》になっているんじゃないかって」

　男たちは憤慨した。

「そんな目にあわせる野郎がいたら、ぶっ殺してやる」

「だいたい子供をかっ攫うなんて、なんて卑怯な野郎なんだ」

「やっぱ、その見世物小屋が怪しいぜ。いまから、乗り込んで、小屋の連中を取っ捕まえて、絞め上げてやりやしょう。そうすれば、何か吐くにちげえねえ」

「もし、三人に何かがあったら、ただじゃおかねえぞ。なあ、みんな」

亭主もおかみもいきり立った。

安兵衛が両手で制した。

「長屋の皆さん、まあ落ち着いて。あまり考え過ぎてはいかん。お隈さん、お清さん、お恵さんも、お殿様がこれからなんとかしてくださるから、安心しなさい。そうですね、お殿様」

安兵衛が文史郎に救いを求めるようにいった。文史郎は大きくうなずいた。

「そうだな。悪い方悪い方に考えても、仕方がない。親御さんたちが心配なのは分かるが、それがしたちも、町方といっしょに、四方八方に手を回して調べてみるから、まずは安心しなさい。大丈夫。必ず、娘さんたちを取り戻すから、安心して」

文史郎は気休めだとは思ったが、とりあえず、いまはみんなを鎮《しず》めるしかなかった。

四

夜の両国《りょうごく》広小路は、昼間の賑わいとは打って変わって人気《ひとけ》も少なく、暗がりに覆われている。

百聞《ひゃくぶん》は一見《いっけん》にしかずである。

何はともあれ、文史郎は大家の安兵衛や長屋のおかみたちとともに、急いで両国広小路に出掛けた。

木の柱と菰《むしろ》で造られた芝居小屋や見世物小屋は、広場の一角に黒々と影を列《つら》ねて静まり返っていた。

夜になり、北からの冷たい風が吹きはじめた。

小屋の壁の菰が風に吹かれて、ばたばたと音を立てている。

いずれの小屋も幟《のぼり》や看板を下ろし、暗闇にひっそりと身を沈めていた。

お隈やお恵たちは先に立って歩いた。

左右両側に五軒ずつ小屋掛けされていた。お隈たちは、端から二軒目の小屋の前に来ると足を止めた。ぶら提灯で小屋の菰で閉じられた出入り口を照らした。

「お殿様、この小屋です。おさきたちが消えたのは」

「うむ」

文史郎は小屋を窺った。

菰の間から、かすかに明かりが漏れているのは、座員や若い者たちが寝泊りしている寝所兼楽屋の灯だろう。

大家の安兵衛は菰の間から中を覗こうとした。だが、菰と菰は荒縄でしっかりと縫い合わされており、中を覗くことはできそうになかった。

「お徳たちは、いったいどこに行っちまったんだろ」

「おさきは、いまごろひもじくて泣いているんじゃないかい」

「お光、どこにいるんだい？　声を上げて」

おかみたちは口々に娘の名を呼びはじめた。

小屋の中から怒声が起こった。

裏手から、どやどやっと提灯を掲げた男たちが文史郎たちの前に現れた。

「なんでえ、なんでえ。いってえ、なんの騒ぎでえ」

「見世物はとっくに終《しま》いだ。帰んな帰んな」

お隈たちは一歩も退かずに怒鳴り返した。

「あんたたち、あたしらの娘をどっかへ隠したろ。分かっているんだから」

「すぐに娘たちを返しな」

「でないと、ただじゃおかないよ」

男たちはおかみたちの後ろに、文史郎がいるのに気付いて脅すのをやめた。

男たちの一人がいった。

「なんだ、昼間、小屋にいちゃもんをつけに来たおかみさん連中じゃねえか。また来たってえのか？　いい加減にしろや。さっきおめえさんたちの亭主と話をつけたばっかだぜ。帰って亭主にきくんだな」

「いったい、亭主とどう話をつけたっていうんだい？」

お恵が訊いた。

若い男は文史郎に用心しながら答えた。

「だから、今夜は暗くて、もう遅いから、あらためて明日、町方役人立ち合いの下、互いに話し合おうって」

「あの宿六《やどろく》め、あたしたちに内緒で、勝手に話をつけるなんて」

お恵は憤慨した。

「ほんとにしようがない男なんだから」

「自分たちの娘だっていうのにねえ。真剣に捜そうともしない」

お隈もお清も亭主への不平不満を洩らした。

文史郎がのっそりと男たちの前に出た。

「座長は、どこにおる？」

「へい、座長ですかい？　座長は楽屋で寝てますんで」

「座長の名は、なんと申すのだ？」

「座長は、貫之丞《かんのじょう》と申しやす」

「座長に、会えないか?」

「今夜は勘弁してください。なんせ、座長は芝居があるんで明朝早く起きなければならないんで。さっき、ご亭主たちにもいったんですが、明日の昼間の出番がないときなら、いくらでもお会いいたします、と」

若い男は頭を下げた。

文史郎はおかみたちにいった。

「そう話がついているのなら、今夜のところは無理をいっても仕方あるまい。それより、亭主たちは、どこにおるのだ?」

昼間、お恵やお清、お隈の亭主をはじめ、心配した長屋の男衆が、三人の娘たちの捜索に広小路に駆け付けていた。

「きっと、宿六たちはあそこだよ」「きっと酒でも食らっているんだよ」「ほんとにしようがない宿六どもだねえ」

おかみたちは口々に文句をいい、両国橋の袂《たもと》の川沿いに立ち並んでいる屋台の灯を指差した。

その一角だけ、煌々《こうこう》と篝火《かがりび》が焚かれ、屋台の一群を明るく照らしていた。男たちが屋台に群がり、酒を飲んでいる。

　おかみたちは、ぶつぶつ文句をいいながら、立ち並ぶ屋台の群れに急いだ。

　文史郎は安兵衛といっしょにおかみたちのあとに続いた。

　たちまち、屋台の群れで一悶着が起こり、おかみたちに耳を摑まれた亭主たちが、文史郎の前に引きずり出された。

「痛たたた。勘弁してくれよ」

「ちゃんと、捜したんだが、どこにもいなかったんだ。うそじゃねえ」

「まったく、なんて亭主なんだい。娘が拐かされたかもしれないってえときに、酒なんか飲んでさ。それでいい、と思っているんかい」

「すまねえ。そういうわけじゃねえんだ」

「じゃあ、なんだというのさ」

　おかみと亭主たちは、そこで夫婦喧嘩を始めた。

　文史郎はおかみたちを取り成した。

「まあまあ、おかみたち、落ち着きなさい」

　安兵衛も夫婦喧嘩の仲裁に入った。

「そう、おかみさんたち、ここで亭主たちを責めても、娘さんたちは戻って来ない。

亭主たちの話をきこうじゃないか」

「さ、どうなんだい。おまえさん、どこをどう調べたっていうんだい」

お隈は亭主の源八《げんぱち》の着物の襟を摑み、首を絞めながら責め立てた。源八は苦しそうに喘《あえ》いだ。

「だ、だから、おれは、与助《よすけ》と繁太《しげた》と、あの見世物小屋に乗り込み、番頭に直談判《じかだんぱん》したんだ。娘たちは小屋に入ったまま、出て来なかった。だから、おめえたちに捕まって、小屋のどこかに隠されているんだろうって」

「そうしたら?」

「そんなことは、しねえって。でいいち、三人の娘っ子だけで見世物小屋に来るはずねえと」

「なにいっているの。うちの太吉と、善吉がいっしょに入ったといっているんだよ。ちゃんと証人がいるんだから」

「おいらも、そういったよ。だけど、番頭も木戸番の若い衆も、そんな三人の娘っ子は覚えていないと言い張っていた。なあ、兄弟、そうだよな」

「そうそう。源八兄いのいうことに嘘はねえ」

お恵に首根を抑えられた亭主の与助が苦しそうにいった。

お清に耳を引っ張られた亭主の繁太も、うなずいた。

「ほんと、いくら粘っても、番頭たちは知らぬ存ぜぬで、取りつく島もなかったんだ。嘘じゃねえ」

「ほんで、明日、いま一度、会って話そうじゃねえか、ってなって引き揚げたばっかだ。で、ちっと酒でも飲まねば、心配で気が落ち着かないと……く、苦しい、かあちゃん、首を絞める手を放してくれ。おれが悪かった。謝る、これこの通りだ」

源八は喘《あえ》ぎながらひたすらお隈に恭順《きょうじゅん》を示した。

文史郎は安兵衛と夫婦喧嘩を仲裁して回った。

「おかみさんたち、どうか亭主たちを許してやってくれ。ここでおぬしたち身内同士で、いくら争っても、子供たちは戻って来ない。それよりも、これから、どうやって子供たちを捜し出すかの相談をしたい」

おかみたちはしぶしぶ亭主たちを絞め上げる手を放した。

亭主たちはおかみたちの手から逃れ、ほっと安堵した。

「やれやれ、ほんとに首を絞めやがって。もう少しで死にかけたぜ」

「まったく、かあちゃんは、手加減してくれねえから困る」

「まあまあ、文句はいわない。夫婦喧嘩はそのくらいでやめる。いいですな」

安兵衛がみんなを見ながらいった。

「さて、お殿様、これから、いかがいたします？　こんな暗くなってしまってから、子供たちを捜すのも難しいと思いますが」

文史郎は腕組をした。

「そうだな。ともあれ、明日の昼間、出直そう。こう暗くては、何が子供たちの身に起こったのか、その手がかりを見付けるのも難しい」

おかみも亭主も神妙な顔をしてきいていた。

「では、ひとまず、今夜のところは引き揚げましょう。いいですな、皆さんも」

安兵衛は長屋の住人たちを見回した。

おかみたちは誰も反対しなかった。

五

文史郎が安兵衛たちと別れて、長屋に戻ると、部屋で左衛門と大門、定廻り同心の小島啓伍の三人が、首を長くして、文史郎を待っていた。

「殿、いかがでしたか？　三人の娘の行方は分かりましたか？」

大門が訊いた。

「いや、手がかりなしだ」

文史郎は首を横に振り、ことの次第を三人に話した。

話を終えると、小島啓伍が口を開いた。

「分かりました。実は、このところ似たような神隠しが何件か起こっていまして、奉行所も忌忌《いまいま》しき事態と考え、町方の総力を挙げて、子供たちを捜そうとなっていたところです」

「なに、ほかにも似たような神隠しが起こっているというのか？」

「はっ。神田《かんだ》で二人の女の子が、深川《ふかがわ》でも三人、上野《うえの》では二人、合計七人に上っています。さらに今度の三人を加えれば、十人が神隠しに遭っている計算です。共通するのは、いずれも十歳前後の女の子ばかりなのが気になるところです」

「小島殿、消えた経緯も似ているのか？」

「神田も深川、上野の神隠しのいずれも、子供たちが近くの神社や寺の境内に遊びに行ったきり、夕方になっても帰って来ないという事件ばかりで、目撃者もほとんどおらず、手こずっていたところです。この事件のように、見世物小屋に入ったまま出て来ないという事例は珍しい。今度ばかりは、見世物小屋の興行主や、その手代たちがからんでいると思われますので、下手人《げしゅにん》捜しのいい手がかりになる。見世物小屋に関わる者たちを徹底的に洗えば、きっと何か出て来ましょう」

「そうか。小島、おぬしたち、調べてくれるか。それは助かる」

文史郎はほっとし、左衛門、大門と顔を見合わせた。

「はい。すでに、ほかの事件の捜査のため、忠助《ちゅうすけ》親分たちにも動いてもらっていますので、明日にでも忠助親分たちに、この件を調べるように申し付けましょう」

「うむ、そうしてくれ。ところで、これまでに何か分かったことはあるのか？」

「はい。神隠し事件に、すぐに結び付くことではないのですが、このところ、西の方から、人買いたちが大挙して江戸へ下《くだ》ったらしいという噂が流れています」

「人買いたちだと？　なんだ、それは？」

「昨今、西国の地方は豊作続きで、西国の大藩は豊かになったものの、藩内は次第に高齢者が多くなり、若年の働き手不足に陥っているそうなのです。そこで各藩とも将来を考えて、子供を増やそうと子作りを奨励しているものの、そう簡単に人を増やすことはできない」

「それはそうだ。生めや増やせは、一年や二年でできるものではない。なによりも年ごろの若い娘たちがいなくてはな」

文史郎は、いいながら、なるほどそうか、と合点《がてん》した。

「つまり、人買いは、江戸や東国の貧しい農村から若い娘を買い集めて、西国へ売り飛ばそうというわけか」

「おそらく、そうではないかと」

大門が口を挟んだ。

「しかし、小島殿、もし、働き手不足を補うためなら、娘ではなく、手っとり早く、働き手として役に立ちそうな男の子を買い集めればいいのではないか」

「確かに。ですが、男子は物心つかぬ、小さいうちならともかく、少しでも大きくなれば、反抗し、手に負えなくなる」

「それはそうだ。男は小さくても、骨があるやつはなかなか素直にはいうことをきかぬものだものな。それがしがそうだったし」

大門が述懐するようにいった。

左衛門がにやにや笑った。

「大門殿は、子供のころ、相当の暴れん坊だったのでござろう？　そんな暴れん坊は、人買いも目をつけぬでしょうな」

「その点、女の子は大人しくて従順ですから、人買いも扱い易い。それに、女子は働き手としてだけでなく、器量よしは女郎屋へ高く売れる。特に吉原のような廓《くるわ》に売れば、女子は男子の何百倍も高く売れましょう」

「そんなに売り値が違うのか」

大門は髯を撫でた。左衛門がいった。

「しかし、幕府は人身売買を認めておらぬのではないか？」

小島はうなずいた。

「はい。人身売買は歴とした犯罪として取り締まっております。ですが、実際には貧しくて今日の糧《かて》もない貧乏人が、我が子を人買いに売り飛ばす事例はあとを絶ちません。幕府はともかく、各藩とも見て見ぬ振りをしているのが現状です」

文史郎が訊いた。

「今回の神隠し事件は、そいつら人買いたちの仕業だというのか？」

「いえ。まだ、その確証はないのですが、その線もあるのではないか、と見て調べているところです」

小島は刀を手に立ち上がった。

「ともあれ、今夜は失礼します。明日はさっそくに広小路の見世物小屋を取り調べます。何か分かりましたら、お知らせいたします」

「うむ。頼むぞ」

「お任せを」

小島は頭を下げ、油障子戸を開けて、外へ出て行った。

左衛門が早速に膝を乗り出した。

「ところで、昼間、茶屋で清藤《きよふじ》の権兵衛殿と会い、ある仕事を依頼されました」

「おう、どんな仕事の話だった？」

呉服屋清藤の主人である権兵衛は、口入れ屋も兼業している。

「こちらも、極秘に人を捜してほしいとのことです」

「誰を捜せというのだ？」

「先日、某藩江戸上屋敷から、姫君が一人、誰にも告げず出奔《しゆっぽん》したというのです。心配した御家老から、ぜひとも剣客相談人に姫君を捜し出して、連れ戻してほしい、という依頼です。謝礼は、こちらの言い値でいくらでもいい、と。もちろん支度金は別で、少々頂いて参りました」

「ははは。爺、つまり、その依頼を引き受けて来たということだな」

「まずかったですか？」

「まずいも何もないだろう。極秘にというのは、家老もさぞ困ってのことだろう」

「さようで」

「いったい、どこの藩の姫君だ？」

左衛門は膝を進め、文史郎に耳打ちした。

「お声が高い。壁に耳あり障子に目あり、でござる。安房東条藩《あわとうじようはん》でござる」

「なに、譜代《ふだい》の本田《ほんだ》殿のところか」

「さようでござる」

「では、本田殿の娘御が出奔したというのか？」

「はっ。そのようで」

安房東条藩四万石の藩主本田正延《まさのぶ》とは、旧知の間柄だった。

文史郎がまだ那須川藩一万八千石の藩主若月丹波守清胤だったとき、府内で何度か重要な評議の折に席を同じうしていた。昵懇《じつこん》の仲ではないが、だいぶ意見を闘わせた相手だ。

意見こそ違え、世のため、国のためを思う点で信頼できる大名として、互いに認め合っていた。

「本田正延殿は、たしか近年御病気で伏せっておられたときいていたが、恢復なされたのか？」

「それが病状思わしくなく、早急に一人娘の姫君に婿養子を迎えて跡目相続させせんとしていた矢先に、姫君が出奔したそうなのでござる」

立場こそ違え、自分が婿養子として迎えられた那須川藩と同じではないか。

本田正延が元気な折、文史郎はそういう境遇であることを話したことがあるから、本田正延はきっと家老に姫君捜しをするにあたり、自分を名指しして依頼したのではあるまいか。

「で、婿養子として迎えようとしていた相手は誰なのだ?」

「それが、揉めていたらしく、筆頭家老が推す隣国某家の三男坊と、次席家老や正室が担ぐ別の有力某家の次男坊が婿養子に上がっていた。姫君は、そのどちらも嫌っての出奔らしいのです」

「それは、厄介だのう。で、依頼して来た家老というのは?」

「次席家老の戸村勝善《とむらかつよし》殿。戸村殿は、本田正延様と正室の鶴《つる》の方様《かた》の支持を得ている由《よし》でした」

「そうか。どうだ、姫君捜しは厄介そうか?」

文史郎は腕組をした。

「困ったな。長屋のおかみたちには、子供たちを救い出すと約束してしまったし、姫君捜しには手が回らぬ。どうしたものかのう」

左衛門が頭を振りながらいった。

「殿、いかがでござろう。しばらくの間、拙者と大門殿が、姫君捜しに専念するというのは？　どうでござろう、大門殿は」

大門は大口を開いて、満足げにうなずいた。

「承知した。賛成でござる。拙者と左衛門殿が、当面、姫君捜しを担当し、殿には小島殿とともに、長屋の子供たち捜しをお願いしたい」

「よし。それで行こう」

文史郎も大きくうなずくのだった。

六

翌朝早々、まだ暗いうちから、文史郎と左衛門は長屋のおかみたちに叩き起こされた。

お恵たちは、我が子が心配のあまり、夜もまんじりとしなかったらしい。

日ごろ早起きの亭主たちも、昨夜は遅くまで娘捜しに駆けずり回っていたので、寝不足の顔をしている。

おかみたちが用意した朝食を摂るのもそこそこに、文史郎はおかみたちに連れられ、両国広小路へ出掛けた。

左衛門がいっしょに御供したい、と言い出したが、文史郎は駄目だと断った。

左衛門が安房東条藩家老からの姫君捜しの依頼を引き受け、少々とはいえ支度金を受け取った以上、そちらも手を抜くことはできない。

二兎《にと》を追う者、一兎をも得ず、だ。

それ以上に、娘の行方が心配で目を血走らせたおかみたちを見ると、文史郎は、まずは喫緊《きっきん》の娘たちをこそ追わねばなるまいと思うのだった。

文史郎がおかみたちといっしょに両国広小路に乗り込むと、見世物小屋の前には、すでに定廻り同心の小島の姿があった。

「殿、おはようございます」

小島は文史郎たちを見ると頭を下げた。

「お殿様、おはようございます」

忠助親分と下っ引きの末松《すえまつ》が、やや離れたところから頭を下げ、文史郎に挨拶した。

「おはよう。おぬしら、早いのう」

小島はにやっと笑った。

「私もいましがた着いたばかりで、一番乗りは忠助親分です。ともあれ、人攫いは最初の一日二日が勝負なんです。三日目になると、人攫いは江戸を出て、どこかに行方をくらませる。そうなったら、とても捕まえられないのです」

「さようか。それで、人攫いに対して、何か打つ手はないのかのう?」

小島はうなずいた。

「いまのところ、打てる手はすべて打ってあります。最近、江戸市中にあまり人攫いが多いので、大勢の子供を連れた者を見かけたら、厳重に取り調べるよう、街道筋の番所や宿場の木戸番はもちろん、湊《みなと》近くの番所、江戸船手《ふなて》にまで手配書を回して網を張ってあります」

江戸船手は大川河口に本拠を置いて、江戸湾の湊に出入りする船を監視している役所である。

「うむ。それで獲物が網に掛かればいいのだが」

「江戸市中の岡っ引きにも同様の御触れを出しました。彼らが各所の番屋を回り、各町の名主に触れ回れば、きっと江戸のどこかに潜んでいる人攫いたちは監視の目が厳しいので、居たたまれなくなるでしょう。彼らが子供を連れて動けば、必ず網にかかると思います」

「なるほど、町方は、やれることは皆やったというわけだな」

文史郎は腕組をし、考え込んだ。

「よろしくお願いします」

傍らではおかみたちが、小島に頭を下げていた。

文史郎はあたりを見回した。

軒を並べた芝居小屋や見世物小屋は、まだ開いておらず、小屋の若い者が幟を立てたり、看板を架けたり、小屋の周辺を箒で掃いたりと、忙しく立ち働いていた。

小屋の若い者たちとは別に、目付きの悪い町奴風《まちやっこ》の荒くれ者たちが、小屋の表の入り口を固めていた。忠助親分と末松が彼らと押し問答している。

「あの連中は？」

「勝吉《かつきち》一家の若い衆で、見世物小屋の番をしている連中です」

忠助親分と末松は、男たちと何ごとか、言い合っている。

小島が文史郎に囁《ささや》いた。

「いま忠助親分がかけあっているんですが、勝吉一家の若い衆が小屋への立ち入りを拒《こば》んでいるんです。どうしても町方が見世物小屋に立ち入りたいなら、興行主か座長てね。我々も一応、勝吉一家の縄張りを尊重しているのです。普段は町方としては、あまり口出ししないように大目に見ているのです」
「いえ、そんなことはないのですが、この広小路は的屋《てきや》の勝吉一家が仕切っていまし
「町方でも、見世物小屋には立ち入れないのか？」
の許しを貰って来いと凄んでいましてね」

小島はちらりと忠助親分と末松に目をやった。

忠助親分と勝吉一家の若い衆たちの談判はかなり難航している様子だった。

「十手《じって》にものをいわせて立ち入れないこともないのですが、あとで勝吉一家と揉めることになるので、よほどのことでもなければ、無理はしたくないのです」

文史郎は小島を見た。

「小島、三人の娘が、この小屋に入ったまま出て来なかったんだ。そのよほどのことになるのではないか？」

小島も覚悟を決めたようにうなずいた。

「分かりました。確かに」

忠助親分が渋い顔で戻って来た。

「旦那、駄目でさあ。小屋に立ち入りたければ、どうしても興行主の了解を得て来い

といって聞かないんで。どうしましょう？」

「興行主っていうのは誰だ？」

「隣の芝居小屋の座長の貫之丞だそうです」

「なんだって？」

「貫之丞が、見世物小屋の興行主を兼ねているんだそうで」

文史郎は隣接して建つ芝居小屋に目をやった。

昨夜は暗いので気付かなかったが、風にはためく幟には「貫之丞一座」とあった。

小島はうなずいた。

「分かった。では、親分、これから拙者が座長にかけあおう。小屋への立ち入りを許してもらって来ようではないか」

忠助親分が小島に小声でいった。

「旦那、それじゃあ、あっしら町方の面目丸潰れですぜ」

「面目丸潰れだと？」

「そうですよ。やつらのいう通りに、このまま引っ込んだら、あっしら十手持ちの面《メン》子《ツ》も立たない。怪しいですぜ。なぜ、中を見せたがらないのか。何も悪いことをしてなければ、興行主の許可を持って来いとかいわずに、さっさと見せればいい。ここは、舐《な》められないよう、はじめにごつんと一発ぶちかましましょう」

「分かった。一発ぶちかまそう」

小島は腰の十手をすらりと抜いた。

「親分、強引に押し入れ。それがしが後ろについている。なんとしても、やつらが入れなかったら、それがしが出て行く」

「そうこなくっちゃ。旦那、じゃあ、やりますぜ」

忠助親分は腕まくりをし、腰の十手を抜いた。末松も倣《なら》って、十手を取り出した。

忠助親分は来いと末松に顎をしゃくり、見世物小屋に戻って行った。

小島は大声でいった。

「見世物小屋の番をする勝吉一家に申し渡す。拙者は南町奉行所定廻り同心小島啓伍。ただいまより、人攫いの嫌疑で、小屋を捜索いたす。文句がある者は、奉行所へ訴え出よ」

小島は忠助親分に向かって命じた。

「長屋のおかみたちを連れて、見世物小屋を隅から隅まで家捜ししろ」

小屋の前で掃除をしていた若い者は手を休め、忠助たちを茫然と見守った。

勝吉一家の若い衆たちは顔を見合わせ、困惑した表情になった。

小島は十手で見世物小屋を差し、勝吉一家の若い衆にきこえるように大声で叫んだ。

「少しでも立ち入りを邪魔するやつがいたら、直ちに奉行所へしょっぴけ。遠慮するな」

「へえ、合点《がってん》でさあ」

忠助親分と末松は、これ見よがしに十手をかざして、見世物小屋へ向かって歩き出した。あとから、おかみたちがぞろぞろと忠助親分たちについて行く。

「どいたどいた。忠助親分のお通りだぜ。邪魔するやつは、しょっぴくぜ」

末松が十手を振るい、勝吉一家の若い衆に行く手を開けるよう指示した。

忠助親分が睨みを利かせながら、末松の背後から歩いて行く。

「ちょいと御免よ。小屋ん中を見せてもらうぜ」

小屋の入口を固めていた勝吉一家の若い衆は忠助親分たちの勢いに気圧《けお》されて、渋々と前を開けた。

忠助親分と末松は肩を怒らせて、小屋の中に踏み込んで行った。そのあとを追うようにして、長屋のおかみたちがついて行った。

小島と文史郎は、その様子を小屋の前でじっと見守った。

勝吉一家の若い衆は、不貞腐《ふてくさ》れた顔で小島と文史郎を睨んでいた。

小島は文史郎を振り向いた。

「殿、拙者たちは隣の芝居小屋にいる座長に会いに行きましょうか。何か話がきけるかもしれない」

「よかろう。行ってみようか」

文史郎は小島を従え、ゆっくりと歩き出した。

七

隣の芝居小屋の前には「貫之丞一座来演」の幟が林立し、風に揺れていた。

小島は木戸の前で掃除をしていた若い衆に、座長に会いたいので取次いでくれといった。

「へい。ただいま。座長にいって参ります」

若い衆は身を翻《ひるがえ》して、芝居小屋に駆け込んだ。

木戸には「与《よ》話情《わなさけ》浮名横櫛《うきなのよこぐし》 初お披露目」と大書された看板が架かっていた。

「殿、いま評判の演目の芝居ですが、ご覧になられましたか」

「芝居見物は疎《うと》いが、話は知っている。切られの与三《よさ》とお富《とみ》の話だろう？」

「よく御存知で」

「いつか余も見たいとは思っているが、その暇がなかった」

文史郎は、奥の萩の方が歌舞伎好きなのを思い出した。奥は腰元を引き連れ、お忍びで、しばしば芝居見物に出掛けていた。

「与話情浮名横櫛」は芝居通を自負する奥のお気に入りの演目の一つだった。

先刻の若い衆が取って返し、小島と文史郎に頭を下げた。

「座長は楽屋で昼の公演の支度の最中で、ろくにおもてなしできませんが、それでもよろしうございますか？」

「結構だ」文史郎はうなずいた。

「では、どうぞ、こちらへ」

文史郎と小島啓伍は、若い衆に案内されて、芝居小屋の楽屋に足を進めた。

座長の貫之丞は、昼の公演を控えて、上半身裸になり、鏡に向かって舞台化粧に余念がなかった。

「これは、ようこそ。こんな不細工《ぶさいく》な格好をお見せするのは気が引けますが、どうか、ご容赦くださいませ」

貫之丞は頭に布を巻き、顔から肩にかけて、真っ白に化粧をしている。

貫之丞は白粉《おしろい》を顔に塗る手を止め、付き人にいった。

「何をぐずぐずしています。お客さまに、お茶を用意なさい」

「はい。ただいま」

付き人は急いでお茶の用意を始めた。

文史郎は止《と》めた。

「いや、どうぞ、お構いなく。突然に押し掛けたそれがしたちがいけないのだから」

「そう申されても……」

貫之丞は鏡の中の自分の顔を見ながら、頭を振った。

「いや、そのままでいい。化粧を続けてくれ」

「そうでございますか？　ありがとうございます。では、お言葉に甘えまして」

貫之丞は墨をつけた筆で、頬に切り傷を描いた。

「おぬしに尋ねたいことがあるのだが」

「何でございましょう？」

「座長は、隣の見世物小屋主も兼ねておるそうだな」

「はい。この時節、芝居だけでは、なかなか役者や座員たちを食べさせることができませんので」

貫之丞は切り傷に筆を走らせ、影を作って目立たせた。

「ところで、昨日、うちの長屋の娘三人が見世物小屋に入ったのだが、それっきり外に出て来なかった。そのことは存じておろうな」

「はい。見世物小屋を預けている番頭の治兵衛《じへえ》さんからききました。ほんとにとんでもない。そんなこと、あるはずがありません。長屋のおかみさんや、そのご亭主さんたちが、見世物小屋に、あらぬ嫌疑をかけて怒鳴り込んで来られたそうですが、三人ものお子様が小屋の中で消えるはずがありません」

「証人がおる」

「それは、年端《としは》もいかぬお坊っちゃんたちでしょう？　娘さんたちといっしょに入ったという男の子たちでしたね。でも、その子たちは、木戸銭も払わずに小屋に潜り込んだそうではないですか。そんな悪戯《いたずら》小僧たちの証言は信じられますかね」

「その子たちによると、木戸銭がない、というと、木戸番の若い者にただで入れてもらったといっているが」

「そんな馬鹿なことはありません。いくら子供でも、小人は小人の木戸銭を払ってもらわねば小屋に入れません。うちはお金を頂いて、世にも不思議な見世物を見せるという商売をしているのですからね。ただで見せることはありません」

「なるほど。昨日の午前中、木戸番をしていた男を教えてほしいのだが」

「丑吉《うしきち》です。番頭さんがそういっていました」

「丑吉？」

文史郎は小島と顔を見合わせた。

「私は、その話をきいて、すぐに番頭に、木戸番をしていた丑吉に問い質《ただ》させました。すると、丑吉は、いくら子供といえ、ただで入れることはない、と申していたそうです。それに、丑吉はそんな男の子たちは、まったく知らないし、三人の娘たちのことも覚えていない、と。どこか、ほかの小屋と間違えたのではないか、と申していたそうです」

文史郎は小島に訊いた。

「ほかに見世物小屋があるのか？」

「いえ。見世物小屋は隣の小屋だけです。ほかは、ここ同様の芝居小屋か、手品や曲芸を見せる小屋、義太夫をきかせる小屋です」

貫之丞は目の縁に墨を入れながらいった。

「ともかく、うちの小屋ではありません。どこか、別の小屋と間違えているのだと思います。どこの小屋とはいいませんが」

貫之丞は奥歯に何か挟まったような言い方をした。

小島が問うた。

「どこの小屋とはいわないというのは、どういう意味ですかな」

「お役人の前で、ほかの小屋の噂をいうのは、なんですが、妙な小屋もあるんですよ」

「妙な小屋というのは？」

「どさ回りをしていますとね、いろいろ、金に困って悪さをする旅芸人の一座もあるそうでしてね」

「どういう悪さですか？」

「……ですから、人攫いとか」

「人攫い？」

「どさ回りをするのは、江戸ではなく、田舎ですからね。座員の人手が足りなかったりすると、親に内緒で子供を攫う。幼いころから、曲芸を仕込み、一人前の曲芸師に仕立て上げるという話ですから」

「なるほど」

「あるいは、器量よしの娘っ子を攫い、宿場の女郎屋や廓に売り飛ばす。そういうあくどい闇の仕事をする人たちもいる、ということですよ」

小島は文史郎の顔を見た。文史郎がいった。

「広小路でやっている小屋に、そういう小屋があるというのかね？」

「うちからきいたなんていわないでくださいよ」

「もちろんだ」

貫之丞は、ちらりとあたりに目をやり、小声でいった。

「うちから三軒隣の曲芸を見せる小屋。とかくそういう噂がある一座ですよ」

「何という一座だ？」

「白神《しらがみ》一座です。怪しい曲芸師たちの一座で、一目見れば、危ない連中だと分かりますよ。くわばらくわばら……」

貫之丞は目に大きな隈《くま》を入れながら笑った。

「千吉《せんきち》、鬘《かつら》を持って来て」

「へい」

千吉と呼ばれた付け人は、どこからか鬘を持って来て、貫之丞の頭に着けた。

貫之丞は鏡を覗きながら、鬘をしっかりと頭に装着した。

貫之丞は、たちまち、切られ与三郎《よさぶろう》に変身し、文史郎と小島に、

「いやさ、お富、久しぶりだなぁ」

と、身振りを入れて、大きく見得を切った。

文史郎と小島は、呆然と貫之丞の与三郎に見とれた。

八

文史郎と小島は芝居小屋から、眩《まぶし》く陽射しが照らす外に出た。

小屋を覗いて歩く見物客たちが徐々に増えはじめている。

昼ごろになると、おそらく広小路は大勢の物見遊山の客たちでごった返すようになる。

見世物小屋の前に、忠助親分やおかみたちが屯《たむろ》していた。

おかみたちは、言葉も無く、焦燥しきった顔で俯いていた。

「あ、小島様とお殿様は、そちらに御出でしたか」

忠助親分が目敏《めざと》く文史郎たちを見付けて、声を上げた。

「忠助親分、それで何か分かったか？」

「いえ。駄目です。若い者にきいても、誰も三人の娘を見たことがないといって、けんもほろろでした」

「ううむ。そうか」

「みんなで、小屋の中を隈無く見て回ったんですが、子供の姿はもちろん、手がかりになりそうなものは何も見つからなかった」

「仕方ないのう」

文史郎は、言葉もなくうなだれているおかみたちを慰める言葉もなかった。

「おかみさんたちには、あとのことは町方に任せて、お引き取り願おう。長屋へ帰って、ゆっくり休んでもらおう。もしかすると、娘さんたちが長屋に帰っているかもしれないしのう」

文史郎の言葉に、おかみたちは元気無く、頭を下げた。

「では、お殿様、小島様、親分さんたち、なにとぞ、娘たちを無事にお救いくださいますようお願いします」

「うむ」

文史郎はうなずいた。

おかみたちは足取りも重く、広小路をあとにして家路についた。

文史郎たちは、おかみたちの背が小さくなるまで、その場で見送った。

「殿、これから、いかがいたしますか？」

「番頭の治兵衛と丑吉を調べたいのう」

「しかし、貫之丞の話だと、二人にあたっても、いい話はきけそうにありませんな」

「おそらく丑吉は嘘をついている」

「丑吉が嘘を？　どうして、そうお思いになられるのです？」

「比較の問題だ。長屋の太吉と善吉が、いっていることがほんとうか、それとも丑吉がいっていることがほんとうか？　太吉と善吉は、いっしょにいたお光やおさきたちのことを心配し、正直に見たままあったことをいっているのだと思う。嘘をつく理由がない」

「なるほど」

「丑吉は木戸番なのに、娘っ子三人が揃って入るのを見たことがない、としらばっくれている。太吉たちをただで入れたことも知らないと言い張っている。こちらの方が信用ならぬだろう」

「嘘をつくということは、三人の娘たちの行方も知っている公算が高いということですね」

「そうだ」

「分かりました。忠助親分たちに丑吉を締め上げてもらいましょう」

「いや、待て。密かに丑吉を張り込むんだ。丑吉はこちらが座長に会って、番頭の治兵衛や丑吉の名前を聞き出したのを知り、不安に襲われているはずだ。不安にかられた丑吉はきっと動く。仲間と連絡を取って、どうするか、を話すはずだ」

「なるほど。その仲間を捕まえれば、娘たちの行方が分かるというのですな」

「そうだ」

文史郎はうなずいた。

小島は傍らで耳をそばだてている忠助親分と末松に丑吉を張り込むように命じた。

文史郎は思案げにいった。

「それから、気になるのは、曲芸師たちの白神一座だ。もしかして、人攫い一味は、白神一座と、何か関わりがあるかもしれない。念のため、白神一座を洗ってくれぬか?」

「分かりました。やってみましょう。もっとも、まともに白神一座にあたっても駄目でしょうから、広小路を仕切っている勝吉親分に事情をきいてみます。勝吉親分なら、きっと裏の事情をよく知っているはず」

「うむ、あたってみてくれ。頼みにしているぞ」

文史郎は小島の肩をとんと叩いた。

九

文史郎は、小島たちと別れ、ぶらぶらと広小路の芝居小屋が建ち並ぶ界隈を散策した。

曲芸団白神一座の小屋の前には、開場には、まだだいぶ間があるというのに、すでに物見高い客たちの人だかりができていた。

木戸の脇の台には、三味線を抱えた裃《かみしも》姿の美女たち五人が一列に座り、賑やかな清掻《すが がき》の音を立てていた。

その三味線の早掻きに合わせて、調子のいい歌が唄われ、いやがうえにも、観客の好奇心を掻き立てていた。

文史郎は、膨れ上がる人だかりの後ろから小屋を眺めた。

看板に「曲芸団白神一座大公演」と銘打ってある。

突然、座った美女たちの後ろの幕がするすると引き上げられ、小屋の中の舞台が見えた。

暗い舞台の上では、大男が口から火を吹いていた。赤い炎は虚空に延び、あたりを一瞬に照らし上げる。

呼び込みの男が演台から大声で口上《こうじょう》を述べ出した。

「さあさ、お立ち合い。ご用のある方と金のない方は見ないでいいよ。暇なお方と金のある方は、とくと寄って見ていってくれよ。さあ、お立ち合い、ちょいと見せるのは、口から火炎を吹く竜神男だ。江戸初公開だ。さあ、見ていって頂戴」

「なんだなんだ。あの程度なら、ていしたことはねえ」

観客たちは騒《ざわ》めいた。

呼び込みは口上を叫び続ける。

「竜神男だけはないよ。米俵五俵を軽軽と持ち上げる怪力女もいる。自在に手足を折り畳める軟体女も見られるよ。ほかに空中綱渡り、玉乗り女……」

「おおい、もっとおもしれえのはねえんかい？」

「大金を木戸銭に払うんだ。もっと、驚くようなものを見せろ。なあ、みんな」

観客たちの中から不満の声が上がった。

呼び込みの男はにやっと笑った。

「よくぞ、いってくれた。分かった。じゃあ、とっておきの演技を見せてやろう」

幕はいったん閉まり、またさらりと引き上げられた。舞台に大きな丸い円板が立てられていた。その円板の前に、振り袖姿の娘が一人立っていた。

少し離れて、黒い帽子を被り、長いお下げ髪を垂らした支那服姿の男が、短い刀を両手に持ち、観客たちに恭《うやうや》しくお辞儀をした。

「さあさ、お立ち合い。今度、現れたるは、見目麗しき姫君だ。さて、いま一人は、遠くは清国《しんこく》から海を渡ってはるばるやってきた短剣使いの陳《ちん》さんだよ。陳さんのお得意は短剣投げの術だ。さあさ、お立ち合い……」

黒子《くろこ》たちが円板の陰から現れ、振り袖姿の娘を大の字にして、円板に手足や胴体を縄で括《くく》り付けた。

娘は恐怖の顔をし、芝居がかった身振りで、いやいやをしている。

「さあさ、よおく、ご覧あれ。的《まと》は円板に縛られ、身動きが取れない姫君だ。さあさ、陳さんは、その姫君に短剣を投げる。だが、姫君の体には当てないという術だ。だけど、ご覧よ。その円板が静かに回りはじめるね」

黒子たちが、ゆっくりと娘の体を括り付けた円板を回しはじめた。

振り袖姿の娘が天地逆さまになり、そのまま再び元に戻りはじめる。

支那服の男は、円板の娘に向かって立ち、手にした剣をくるくると回転させはじめた。

「さあさ、お立ち合い、陳さんの投げる短剣は、姫君に当たらずに、射抜くかどうかだ」

支那服の男は、短剣の刃先を持ち、投げようと振りかざした。

いきなり、幕がするすると下り、支那服の男も姫君も視界から消えた。

固唾《かたず》を呑んで見守っていた観客たちは、おいおい、どうしたんだ、とどよめいた。

呼び込みはにやにやしながら大声で叫んだ。

「さあて、お立ち合い、麗しき姫君の運命はいかに。この続きは、お代を頂いてからのお楽しみだ。さあ、開場だよ。お代の用意はいいかな。さあ、いらはい、いらはい」

木戸の菰《むしろ》が巻き上げられた。

いまや遅しと待ち受けていた観客たちが、どっと木戸銭を掲げながら、木戸へ押し寄せた。押し合い圧《へ》し合いをしながら、場内へ流れ込んで行く。

見るほどのこともあるまい。

文史郎は小屋を背に帰りかけ、ふと襟首にちりちりした視線を感じた。

鋭く刺すような視線。それも悪意が籠もっている。

文史郎は視線を送る方角に目をやった。

視線は観客たちの雑踏の中に消えていた。

誰も文史郎を見ていない。顔をこちらに向けていても、目はあらぬところを見ている。

文史郎は、踵《きびす》を返し、ゆっくりと歩き出した。

襟首には、誰の視線も感じなかった。

やはり、気のせいだったか。

広小路を出て、掘割を渡り、油町《あぶらちょう》を過ぎて、旅籠町《はたごちょう》界隈に入ったとき、文史郎は密かに誰かが尾行しているのに気付いた。

先刻の視線は、やはり気のせいではなかったのか？

通りを歩いていると、通行人の陰に見え隠れしながら、何者かが影のように尾行して来る。

姿形や身のこなしから見て侍ではなさそうだった。だが、ただの町人でもない。

通りは行商人や商家の奉公人、供を連れた武家が行き交っている。男たちは、巧みにそうした人込みを使い、文史郎を尾《つ》けてくる。

文史郎は足を早めた。

尾《つ》けてる者の数が動きで分かった。

はじめは一人だった。それが、いつの間にか、二人になり、さらに三人、四人に増えている。

しかも、いずれも殺気を放っている。

いったい、何者？

文史郎は早足をやめた。腕組をし、歩きながら考えた。

見世物小屋の若い衆か？　それとも、白神一座の者か？　あるいは、別の何者たちか？

しかし、狙われる理由はない。

旅籠町が終わったところで、いきなり、怒声がきこえた。

ばたばたと駆け付ける足音がしたかと思うと、文史郎の周囲を男たちが取り囲んだ。

その数、六人。

いずれも、着物の裾を尻端折り《しりはしょ》りしたやくざ者たちだった。どの男の顔も殺気だって、目がぎらついている。

「おめえさん、安兵衛裏店のお殿様だな」

六人の中で一番腕っ節が強そうな荒くれ者がいった。

「剣客相談人の大館文史郎さんに間違いねえな」

もう一人、髯面の男が念を押した。

「さようだが、それがしに、何か用か？」

腕っ節の強そうな男が、懐に入れていた手を出した。刀子《とうす》の刃が陽光に鈍く光った。

「てめえの命、貰ったぜ」

それを合図にしたかのように、やくざ者たちは喧嘩慣れした身のこなしで、文史郎に突きかかって来た。

いずれの男たちの手にも刀子や脇差しの抜き身がきらめいていた。

「何者だ！」

文史郎は咄嗟に身を躱《かわ》し、突きかかって来た男の腕に手刀を叩き込んだ。男は刀子を落とした。

二人目の男も無言で脇差しを振るい、斬りかかった。

文史郎は鯉口を切り、一閃して男の胴を抜いた。

男は悲鳴も上げず、地べたに転がった。

髯男が一瞬ひるんだ。脇差しを斜めに構えた。へっぴり腰だった。

「峰打ちだ。安心せい」

地べたに転がった男は、胸を押さえ、苦しがった。肋骨を数本、叩き折ってある。

文史郎は刃を返し、八相に構えた。

男たちは、闇雲に脇差しを振るい、刀子をかざして、飛び込んでくる。

文史郎は相手の動きを読んで、相手の腕の骨を折り、膝の骨を砕き、鎖骨を叩き折った。

なおも、二人が荒い息をしながら、脇差しを構え、文史郎に斬りかかろうとしている。

「おぬしら、なにゆえ、それがしを狙う」

男たちは答えなかった。

「答えろ。答えねば容赦せずに斬る」

文史郎は刀の刃を返した。峰打ちではなく、真剣で相手を斬る。

「ちくしょう。引き揚げだ」

自慢の太い腕を折られた男が悔しそうに叫んだ。

その声を合図に、男たちは、いつの間にか周囲に集まっていた野次馬たちを追い払いながら、逃げ出した。

怪我をした男を仲間は抱えて行く。

文史郎は追わなかった。追えなかった。

野次馬たちの中から先刻と同じ殺気に満ちた視線を感じて、動けなかったのだ。動けば、斬りかかってくる。

野次馬たちの中に、着流しの浪人者が立っていた。懐《ふところ》ろ手をしたまま、じっと文史郎を見つめていた。

痩せた体付きの素浪人から、冷え冷えとした殺気が放たれている。

鬼気迫る剣気。

文史郎は背筋に戦慄《せんりつ》が走るのを覚えた。

間合いは三間《さんげん》。

その浪人者は、一瞬で一足一刀の間合いに飛び込んで来る。そう思うと、文史郎は八相に構えたまま、一瞬たりとも油断できず、相手の動きを待った。

通りの野次馬たちも、異様な気配に、遠巻きに文史郎と浪人者の睨み合いを恐々《こわごわ》窺っていた。

長い時間が流れたように思った。

浪人者は、突然、くるりと踵を返し、文史郎に背を向けた。そのまま何ごともなかったかのように、歩き去った。

文史郎は、ようやくほっとして、肩の力を抜いた。

刀の柄を握る掌《てのひら》にびっしょりと汗がついていた。

文史郎は刀を鞘《さや》に納めながら、浪人者の顔を脳裏に焼き付けた。

いずれ、闘うことになる。そういう予感が文史郎の心に芽生えていた。

第二話　人攫い捜し

一

蕎麦屋「道妙庵《どうみようあん》」は、仕事帰りの大工や職人たちで賑わっていた。

文史郎は、左衛門や大門と座敷に上がり、ぶっかけ蕎麦を食べながら、今日あったことを話し合っていた。

「……殿を襲った連中は、いったい、何者だったのですかのう」

左衛門は首を傾げた。大門がずるずると音を立てながら蕎麦を啜り上げ、訊いた。

「ほんとうに、そのやくざ者たちは、殿であることを確かめてから襲いかかったというのですな」

文史郎も蕎麦を食べる手を休めて答えた。

「うむ。間違いない」

「どんな連中でしたか？」

「風体《ふうてい》からして、明らかにやくざ者か、無頼の者だった。それから、助《すけ》っ人《と》もいた。それも、かなりの腕の浪人者だった」

「その浪人者と刃を交わしたのですか？」

「いや、交わしておらぬ。睨み合っただけだ。しかし、あの気迫というか剣気は並のものではなかった。それがし、相手の剣気に圧《お》されて、身動きができなかった」

「殿が、そのように剣気に気圧《けお》されたというのはめずらしい。確かに、その浪人者は只者《ただもの》ではなさそうですな」

大門は熱燗の銚子の首を摘み上げ、文史郎の盃に注いだ。

「ところで、相手は名乗らなかったのですな？」

文史郎は盃に注がれた酒を飲んだ。

「……名乗らなかった」

左衛門が訊いた。

「どのような風体の浪人でござったか？」

「そうだのう。痩せた体付きで、目が細くて切れ長、鼻は小さく、頬が異様に痩《こ》けておったのう」

文史郎はぶっかけ蕎麦を最後まで食べ、丼《どんぶり》に蕎麦湯を注いだ。

「あのやくざ者たちの様子からして、余を狙うことをそう簡単にはあきらめまい。きっと、また襲って来よう。今度は彼らの一人を捕まえ、誰に頼まれたのか白状させよう」

「そうでございますな。それにしてもけしからん。我らが殿を狙うとは、何ごとでござろうか。のう、大門殿」

「さようさよう。けしからんこと。それがしが、殿のお側にいたら、二度と再び、殿を襲うような真似をしないよう、こっぴどく痛めつけてやりましょう」

大門は酒を文史郎と自分の盃に注ぎ、口へ運んだ。

文史郎は、焼いた背黒イワシの丸干しを頭から齧《かじ》った。丸干しの腸の苦みと、ほどよい塩辛い味が口の中に広がった。

熱燗の酒には丸干しがよく合う。

文史郎は酒を含みながらいった。

「ところで、爺、そちたちの方は、いかがいたした。大門と二人で、依頼人に会って話をきいたのだろう？」

左衛門がうなずいた。

「そうでございました。殿、われらが先方の御家老の戸村勝善殿とお会いしたところ、やはり、殿にお目にかかってお願いしたかったと、だいぶ嫌味をいわれました」

「こちらの事情は話したか？」

「はい。そうしましたら、戸村殿は、こちらは安房東条藩藩主本田家の存亡にかかわる一大事でござる。なにとぞ、長屋の子供たち捜しなどは町方に任せて、当藩の姫君捜しに力を入れていただきたくお願いしますといってました。そのために大金をお支払いするのでござるから、とも」

「そうはいかん。長屋の子供たちは、余たちがお世話になっている長屋の住人たちの大事な大事な子らだ。相談人は金の多寡《たか》やあるなしで、仕事を引き受けることはない。戸村殿には、そういっておけ」

「はい。確かに。今度お会いするときに、お話ししておきます」

左衛門はうなずいた。

「で、姫君が出奔した事情の仔細は、いかがであった？」

「はい。まず姫君の名は、綾《あや》殿とのこと」

「つまり、綾姫ということだな」

「は、はい」

「綾姫は、何故出奔したのか？」

「御家老の戸村殿によれば、婿養子を迎えるのが嫌さにということですが、そこが、いま一つはっきりしないそうなのです」

「はっきりしない、とな？」

「綾姫は藩主本田正延様の一人娘で、いずれ、婿取りをせねば、お家断絶になりかねず、もし安房東条藩が廃藩にでもなれば、藩士のみならず一族郎党、その家族親族、およそ五千人以上が路頭に迷うことになる、そのことを十分承知なさっておられた、というのです。ですから、姫君が我儘をいって、そのような重大事になることを知りながら、出奔することは、考えられない、と」

「ううむ。綾姫は、いくつなのだ？」

「御年十五歳とのことです」

「年ごろの娘だのう。して、どんな姫君だというのだ？」

「御家老にいわせれば、綾姫は、それはそれは家臣の誰もが認めるように、美しくあらせられ、頭も聡明で、性格も明るく、人に優しい、しかも文武両道、まさに武家の姫君として、非の打ち所がない娘御だとのよし」

「それは、ほんとうかのう？　実際に会って見ないと分からぬのではないか？」

文史郎はにやついた。

大門もにんまりと笑った。

「御家老も、主君の娘について訊かれれば、いいことずくめを述べるに違いないでしような」

左衛門もうなずいた。

「ま、御家老の戸村殿の言葉でございますので、多少割引しておかねばなりますまい」

「で、次席家老の戸村殿と奥方の鶴の方が推す某有力家の次男坊とは、いったい、どこの誰なのだ？」

「はい。上野高崎藩《こうずけたかさき》の藩主大河内輝歳《おおこうちてるとし》様の次男坊輝昭《てるあき》様とのよし」

「ほう。上野高崎藩といえば譜代で禄高八万石。藩主の大河内家はたしか旧姓松平《まつだいら》家だったはず」

「さようでございます。大河内輝歳様は、信州《しんしゅう》松平家の血統につながる殿とも、遠縁になりましょう」

「なるほど、そんな大河内輝歳殿の次男坊輝昭殿を婿養子に迎えるとなれば、四万石の安房東条藩本田正延殿にとっては、確かに願ったり叶ったりの良縁だのう」

「本田正延様も奥方の鶴の方様も、たいそうお気に入りの縁組だときいております」

「では、筆頭家老たちが推す婿殿は、誰なのだ？」

「筆頭家老柴田《しばた》泰蔵《たいぞう》殿が推すのは、隣国の譜代大名、安房《あわ》華房《はなふさ》藩三万五千石の西尾《にしお》忠《ただ》則《のり》様の三男坊忠紀《ただのり》様でござる」

「西尾家といえば、遠江《とうとおみ》横須賀《よこすか》藩主西尾家が安房華房藩に転封されたのではなかったか。これまた由緒ある家系の婿殿だな」

「さようでございますな。安房華房藩は石高こそ三万五千石ですが、これまた名門の血筋にございます」

大門はまるで興味なさそうに、丸干しをまるごと食べながら、酒を飲んでいた。

「その西尾忠紀殿は、いくつなのですかな？」

「二十歳とか」

「いま一人の婿候補の大河内輝昭殿は？」

「こちらは二十五歳ですな」

「綾姫は、どちらも気に入らなかったのかのう？」

文史郎は顎をしゃくった。左衛門は頭を振った。

「それは、本人におききしないと」

「で、綾姫が出奔した経緯については、家老の戸村殿からきいてあるのか?」

「一応、おきき してあります」

「いつ、どのように、綾姫は出奔したというのだ?」

左衛門は思案げになった。

「出奔したのは、十日ほど前のことになります。奥女中の絹《きぬ》とともに日本橋の呉服屋へ買物に出たきり、江戸上屋敷に戻らなかった」

「絹という女御は、どんな女なのだ?」

「十八歳になったばかりの娘で、商家から屋敷に上がっていた腰元《こしもと》です」

「そのお絹が綾姫の行方の手がかりになりそうだな」

「さように思いますが、御家老によると、同じ時期、屋敷を抜け出し、戻らない者が二人ほどおるそうなのです」

「ほう。女子か?」

「それが、いずれも男で、一人は小姓組の前田軍蔵《まえだぐんぞう》、いま一人は馬廻り組の服取慎《はっとりしん》造《ぞう》」

「綾姫といかなるつながりがあるというのだ?」

「小姓の前田軍蔵は、綾姫の護衛役を務めていた供侍で、服取慎造も綾姫の乗馬の際に、いつも御供していた若侍でした。そして、前田軍蔵と服取慎造は、幼なじみで、ともに十八歳」

大門が髯を撫でながら、にやにやした。

「おもしろいですな。もしかして、綾姫は、その若侍のどちらかと恋仲ではないのですかのう。そんな気がする」

「なに、綾姫は、そのどちらかと示し合わせて、家出したというのか？」

文史郎は左衛門と顔を見合わせた。

確かに、その線もないではない。

綾姫は十五歳だ。婿養子を取らねばならない、となり、いつしか恋仲になっていた、どちらかの若者と手に手を取って逃げ出した？

ありうることだ、と文史郎は思った。

「殿、もし、大門殿の推理が正しければ、綾姫を連れ戻すのは、かなり難儀なことになりそうですな」

左衛門は溜め息混じりにいった。

「うむ。ともあれ、爺と大門は、お絹の線を辿り、綾姫の行方を追ってくれ。お絹の親許の実家が分かれば、何か手がかりが見つかるかもしれぬのでな」

「は、分かりました。われわれには、手に余るので、玉吉《たまきち》の手を借りることにします」

左衛門はうなずいた。

玉吉は、文史郎が松平家の部屋住みだったころ、松平家のお庭番を務めていた中間《ちゅうげん》だった。いまは屋敷務めを辞め、船頭をしているが、それは表向き、いまも松平家のために密かに働いていると、文史郎や左衛門は見ていた。

二

翌朝、文史郎は、大門と左衛門と連れ立ち、大瀧《おおたき》道場に出掛けて、朝稽古に汗を流した。

昨日、やくざ者たちに襲われた際、日ごろの稽古不足を感じた。

なにより、正体の知れぬ浪人者の剣気に気圧されて、軀《からだ》が思うように動かず立ちすくんでしまった。

もし、あのまま、あの浪人者と立ち合っていたら、おそらく敗けていたのではあるまいか。それほどに、躯が動かなかった。

文史郎は、あの光景を思い出すと、いまでも背筋に冷たい戦慄《せんりつ》が走るのを覚える。遮二無二《しゃにむに》、躯を動かし、硬直した筋肉を解《ほぐ》したかった。

文史郎は門弟たちに混じり、大門と激しい打ち込み稽古をして躯を慣らした。

その後、大門と、続いて師範代の武田広之進《たけだひろのしん》、道場主の弥生《やよい》を相手に、三本勝負の試合稽古を行なった。

終わってみれば、大門には二本を取られ、武田にも一本を取られた。さらに、弥生にも二本打ち込まれて完敗した。

いずれも一瞬の隙《すき》を突かれてのことだった。攻めに焦《あせ》って前がかりになり、相手の俊敏な反撃に後《おく》れを取ってしまったのだ。

文史郎は席に戻り、防具の面を脱いだ。

全身に汗をかいていた。手拭いで顔や首筋の汗を拭った。

「殿、いかがなされた？」

判じ役をした左衛門が心配気に、文史郎を窺った。

「うむ」

敗因は分かっていた。

無心になれなかった。

脳裏から、浪人者の姿が離れず、いつもの平常心を失っていた。

まだまだ修行が足りぬ。

初心を忘れたのか！　愚か者めが。

文史郎は自身を叱咤《しった》した。

なぜに、それほどに、あの浪人者を恐れるのだ？

何者とも分からず、剣の流派も知らない。その強さも、浪人者の立ち合いを見ていないし、浪人者と立ち合っていないので、まったく分からない。

なのに、なぜに、こうも心が乱れるのだろう？

文史郎は姿勢を正し、目を瞑《つむ》った。

隣に人が座る気配がした。

「殿、ほんとうに、今日は、どうしたことでございますか？」

弥生が傍らに正座し、面《めん》を脱いだ。弥生は、ほんのりと顔を紅潮させていた。

「いつもの殿とは別人のようでした」

「かもしれぬ」

文史郎はうなずいた。

大瀧道場の道場主である弥生は、在所の隠れ里にいる実の娘と同じ名だ。実の娘の弥生は、まだ十歳にもならぬ幼子だが、同じ名であるために、文史郎は時にまるで我が娘と話している錯覚に陥《おちい》る。

弥生は大きな黒い瞳で文史郎を見つめた。

「何かあったのですか？」

いつもながらに、弥生は美しい。近年、ますます大人の女として成熟しはじめている。

文史郎はややどぎまぎしながらいった。

「あったといえばあったろうし、なかったといえばなかった。いつものことだ」

「まあ、禅問答みたい」

弥生は手拭いで汗を拭い、汗で額に貼りついた乱れ毛を直した。

弥生は道場で稽古するときは、髷《まげ》を解《ほど》き、長い黒髪を後ろで束ねて結っただけで、馬の尾のように背中に流している。

稽古のとき、弥生が相手に打ちかかったり、跳び跳ねるたびに、その長い黒髪がふわっと揺れ動き、見る者の目を奪った。

そうした女道場主弥生の稽古する姿の美しさが評判を呼び、大勢の女や男の若者たちが道場に押し掛け、入門するのだった。

「大門様から、おききしました。今度の相談は、家出した姫君捜しですって?」

おしゃべりな大門め、と文史郎は心の中で悪罵《あくば》を吐いた。

「殿、今度も、ぜひ、それがしにも手伝わせてください」

弥生は、真剣になると、なぜか、男言葉になる。

「必要があったらな」

「殿、女子捜しは男だけでは駄目です。大門様の話ですと、綾姫様は婿取りを嫌って出奔したようではありませぬか」

「うむ」

「きっと、綾姫様には、女子でなければ分からない事情がおありだと思いますよ。だから、はじめから、それがしを入れておいた方がよかろうか、と思いますよ」

「うむ。分かった」

文史郎は稽古をしている大門に目をやった。

大門は門弟たちの打ち込み稽古の相手を務めていた。

「分かったではなく、いいですね」

弥生の黒い目が間近に迫った。有無をいわせぬ気迫だった。

文史郎は頭の中で考えた。

大門や左衛門、己れのような閑人と違い、弥生は大瀧道場を率いる道場主だ。あまり危険な仕事に巻き込みたくない。

今度の依頼は、いままでの仕事と違って、あまり危ないことは起こるまい。

「仕方ない、弥生にも手伝ってもらおう」

「手伝いではありませぬ。それがしも、今回から剣客相談人の一人として認めていただかなくては」

「分かった」

「殿、ですから、分かったではなく、正式に弥生を剣客相談人とするとおっしゃっていただかなくては」

「待て。そういう大事な話は、余ひとりでは決められぬのでな。爺や大門にも相談せねば」

「左衛門様も大門様も、殿さえ、いい、といってくれれば、喜んで了解するとおっしやっていました」

「なに、爺も大門も認めるというのか？」

「はい。喜んでと」

文史郎は、門弟に稽古をつけている左衛門に目をやった。

左衛門も大門も、先に弥生に籠絡《ろうらく》されおって。

文史郎は、外堀内堀を埋められた大坂城に立て籠もる豊臣《とよとみ》方の心境になった。

「殿、いかがでござるか？」

「分かった分かった。そなたを剣客相談人として認めよう」

「武士に二言《にごん》はありませぬな」

「ないない」

文史郎は溜め息混じりにうなずいた。

「よかった。殿、かたじけない。これで晴れて、それがしも相談人を名乗れます。すでに道場の玄関に新たな看板を掲げる用意ができています」

「なに？」

「少々、お待ちください」

弥生は立ち上がり、そそくさと見所《けんぞ》に急いだ。

「師範代、ちょっと来て」

稽古中の武田広之進を呼んだ。

ついで神棚と八幡大明神の掛け軸に両手を合わせて拝礼した。

師範代の武田広之進が見所に行くと、弥生は何ごとかを指示した。

武田はうなずき、道場の奥に急いで姿を消した。

「左衛門様、大門様」

弥生の声が道場に響いた。

左衛門も大門も、門弟との稽古を中断し、何ごとか、と見所の弥生を見た。

「殿から、お許しが出ました」

「おう、それはよかった」

「それはよろしゅうござった」

奥から武田が長い看板を抱えて、道場に戻って来た。

「おい、高井《たかい》、藤原《ふじわら》、北村《きたむら》、来い」

武田は四天王の高弟たちを呼んだ。

高井真彦《まさひこ》、藤原鉄之介《てつのすけ》、北村左仲《さちゅう》が稽古をやめ、急いで見所へ集まった。

弥生が満面に笑みを浮かべて、文史郎を見た。

武田が抱えていた看板を立てた。

黒々とした文字で「剣客相談人詰め所」とあった。

「殿、さっそく、これを玄関に掲げさせていただいてもよございましょうか？」

「殿、いいですよね?」

大門がいった。

「……仕方あるまい。よかろう」

文史郎は渋々うなずいた。

「よかったよかった」

大門と左衛門が拍手をした。

見所の前に集まった門弟たちも、一斉に拍手喝采している。

「高井たち、これを玄関に架けて参れ」

武田が四天王に命じた。

四天王の高井たちは、恭《うやうや》しく看板を抱え持ち、玄関へと急いだ。

「参ったな」

文史郎は頭を振りながら呟いた。

三

その日の午後、文史郎は左衛門や大門と分かれ、広小路に足を向けた。

午前中いっぱい、稽古でたっぷりと軀を動かし、汗を掻いたので、気分は爽快だった。

広小路には人出があり、芝居小屋や見世物小屋界隈も、どこからこんなに人が出て来たのか、と思わせるほど見物客が歩いていた。

とりわけ、貫之丞一座の出し物『与話情浮名横櫛』は評判で、芝居小屋の入り口には「満員御礼」の札が貼り出され、小屋に入れない人たちが屯していた。

そうした人たちが、ほかの見世物小屋や曲芸団の小屋に流れ、いずれの小屋もほどほどの賑わいとなっている。

文史郎は雑踏の中をぶらつき、小屋の裏手近くの物陰に身を潜めている忠助親分と末松を見付けた。

二人は、じっと動かずに見世物小屋の裏口に張り込んでいた。

丑吉や治兵衛の動きはまだなさそうだ。

文史郎はさり気ない様子で忠助親分の前を通り過ぎ、川端に出て待った。

案の定、やや遅れて、忠助親分が通行人の陰から現れ、文史郎に頭を下げた。

「ご苦労さんでやす」

「お疲れさん。親分、で、何か動きはあったかい」

「へい。昨晩遅く、やはり丑吉の野郎が小屋を抜け出し、どこかへ出掛けやした」

「尾《つ》けたのかい」

「ところが、やつ、大川に下りて、舟に乗りやがって。舟とは思わなかったので、こちとら舟は用意しておらず、尾行に失敗しやした」

「そうか。残念だったな」

「今夜は、そうはさせねえ。末松に船頭と舟を何艘か用意させやした」

「うむ。頼むぞ」

文史郎は懐から財布を出した。財布の紐を解き、一分銀を何枚か取り出した。

「いろいろ出費するだろう。とりあえず、これを遣《つか》ってくれ」

忠助親分は手を振り、遠慮をした。

「とんでもねえ。もったいねえ。お殿様、小島様から、足代手代は頂いておりやす。受け取れません。引っ込めてくんなせい」

「忠助親分たちの苦労は分かっている。遠慮するな。金がなくて追尾ができなかったとなると、困るのでな」

文史郎は無理遣り忠助親分の手に一分銀を押し込んだ。

忠助親分たち岡っ引きは、奉行所から給料を貰っている正式の職員ではない。あくまで、小島同心の子飼いの十手持ちである。だから、忠助親分たちは、小島から貰う金で働いている。

さらに親分は、末松たち下っ引きも養わねばならず、たいていの岡っ引きの生活は苦しいものだった。

岡っ引きたちは、同心から貰う金だけでは、家族を食わせていけないので、つい十手をちらつかせて、金がある庶民や商家にたかり、小遣い稼ぎをしているのが現実だった。

それだけに、岡っ引き、下っ引きは庶民から評判が悪く、世間の嫌われ者が多かった。

そうした忠助親分たちを生活の心配をさせずに、攫われた娘たちの捜索に身を入れさせるには、手っ取りばやく、お金を渡すのが一番の良薬だった。

「さ、遠慮するな。これも費用のうちだ」

「そうですかい。では、遠慮なく、頂いておきやす。ありがとうごぜいやす。これであっしも末松たちも、安心して捜索をやることができやす」

忠助親分はお金を押し戴くようにして、懐に収めた。

「番頭の治兵衛は、動いたか？」

「いえ。治兵衛は、いまのところ、不審な動きはしていません」

「ほかに気付いたことはないか？」

「昼間、怪しい連中が見世物小屋に治兵衛を訪ねて来やしてね。裏手で治兵衛と何やら話をしていやしたが、ほどなく帰《け》えりやした」

「どんな風体の連中だ？」

「柄《がら》の悪い、見るからにやくざ者でやしたね。そのうちの一人の大柄な野郎は、どこかで喧嘩でもして右腕を折られたのか、晒しで巻いて、首から吊してやした」

文史郎は、もしや、昨夜、自分を襲ったやくざ者たちではないか、と思った。

とすると、長屋の娘たちを拐かしたのは、やはり見世物小屋に出入りする連中ということかもしれない。

「ところで、同心の小島は、どこにおる？」

「この広場を仕切っている勝吉親分のところへ出向いていやす」

忠助親分は両国橋の袂に建てられた番屋を指差した。

「うむ。それがしも行ってみよう」

文史郎は忠助親分と分かれ、人込みを掻き分けながら番屋へ向かった。

番屋の小屋には、揃いの印半纏を着た若い衆が大勢出入りしていた。いずれの半纏の背にも、白抜きで丸に勝の字の紋が入っている。

半開きの戸の隙間から、上がり框に腰掛けた小島の姿が見えた。

小島の後ろの板の間に、厳《いか》つい鬼瓦のような顔をした初老の男が応対している。

若い者が文史郎の前に現れ、腰を低めて挨拶した。目を怒らせている。

「お侍さん、どちら様でござんしょう」

文史郎は中にいる小島を目で差した。

「勝吉親分を訪ねている同心の連れだ」

「さようで。失礼いたしました。どうぞ」

若い者は戸口の中を見て、すぐに退いた。

「あ、殿、おいででしたか」

小島が文史郎に気付いて立ち上がった。

「それがしもお邪魔をしていいかの？」

「もちろんです。さ、どうぞ」

小島は文史郎に上がり框に座るよう促した。

「勝吉、こちらのお方が、先程申した剣客相談人のお殿様、大館文史郎様だ」

小島は板の間に両手をついた男にいった。

初老の男は、「へへえ」と平伏《ひれふ》した。

「殿、こちらの男が、両国広小路の小屋や露店を一手に取り仕切っている的屋《てきや》の親分勝吉です。勝吉、ご挨拶しな」

「これはこれは、お殿様、お初にお目にかかります。手前、浅草に生まれ、大川の産《うぶ》湯《ゆ》に浸かり、浅草に育った勝吉というケチな野郎でござんす。どうぞ、今後とも、よろしくお見知りおきいただきますよう、お願い申し上げます」

勝吉は額を床板に付けるように平伏した。

文史郎は上がり框に腰掛けた。

「勝吉、そう畏《かしこ》まらなくてもいい。それがし、殿様ではない。いまはただの若隠居だ。顔を上げよ」

「ありがたき幸せにございます」

勝吉は顔を上げた。鬼瓦のような顔が文史郎に向いた。

「殿、勝吉に、白神一座について、尋ねていたところでした」

小島が脇からいった。

「おう、そうか。それがしにも、きかせてほしいのだが」

「はい。ですが、いかなることをお話ししたらいいのか、分からないのですが」

勝吉は、厳《いか》つい顔を崩した。まるで泣き笑いしているかのようだった。

「白神一座は、毎年、ここで興行するのか？」

「はい、さようで」

「曲芸団が、人攫いに関係しているということはないか？」

「はい、それは……」

勝吉は口籠もった。小島が脇から口を挟んだ。

「勝吉、お殿様の前だ。正直に申せ」

「白神曲芸団は毎年、若手を入団させております。なにせ、どんな曲芸も、子供のころから仕込まなくてはなりません。大きくなってからでは、玉乗りや綱渡り、とんぼ返りなどの曲芸はなかなかできません。だから、貧乏人から幼い子供を買い上げたり、どこかで子供を攫ってくるらしい、という噂なのです」

「勝吉、これまで、白神一座が興行をしている間に、人攫いはあったか？」

「いえ。ありません」

「なぜ、そういう噂が流れるのだ？　何かわけがあるのだろう？」

「はい。というのは、毎年、来演するのですが、いつも子供の芸人の顔触れが違う。そこで曲芸団が田舎を回っているときに、どこかで人攫いをしているのではないか、とか、母親が、ぐずる我が子を宥めるため、曲芸団に連れて行かれちゃうよ、と脅したりするので、そんな噂が立ってしまったんでしょう」

「曲芸団の中に、人攫いをしそうなやつはいないか？」

「そこまでは、なんとも、私には分かりません。申し訳ありません」

勝吉は困った顔をした。

文史郎は話題の矛先《ほこさき》を変えた。

「見世物小屋については、いかがかな？」

「はあ、と申しますと」

勝吉は戸惑った表情になった。

「見世物小屋に入った長屋の娘が三人、姿を消した。それは、存じておるな」

「はい。きいております」

「誰からきいた？」

「見世物小屋の番頭の治兵衛さんからです」

文史郎は小島と顔を見合わせた。

「治兵衛が、なんといっておったのだ？」

「見世物小屋に、いなくなった娘っ子の親たちが怒鳴り込んで来て、小屋の営業どころの騒ぎではなくなった。それで、あっしのところに助けを求めて来なさったんです」

「それで、おぬしの手の者たちが見世物小屋の張り番をしておったのか」

「へい。さいでございます。なんせ、貫之丞一座の座員たちは芝居の興行で手いっぱいになっていて、とても見世物小屋には手が回らない。そこで、番頭は私のところに助けてほしいといって来たんです」

「おぬし、小屋に入った子供たちをどこかへ連れ去って隠したのではあるまいな」

「滅相もない。小島様にも申し上げましたが、あっしたちは何も知らずに見世物小屋を守りに行ったんでさ。治兵衛さんも、見世物小屋で子供たちが消えたなんてことはありえない。何かの間違いだ。親たちは、そういって小屋の営業を妨害に来たのに違いないと。それで広小路を仕切るあっしらとしても、放っておけずに若い者を出して小屋を守ったわけでして。あっしらは、決して人攫いに関わっておりません」

「…………？」

文史郎は小島を振り向いた。

小島は頭を左右に振った。

「私は、勝吉親分がいっていることを信じていいと思ってます。この広小路を預かる勝吉親分が、そんな人攫いに関わっていたとなったら、お上《かみ》は即刻勝吉親分から広小路の縄張《なわばり》を取り上げ、勝吉親分を捕らえて島送りにすることでしょう。勝吉親分が、そんな危険を犯して、人攫いをするとは思えません」

「小島様、ありがとうございます」

勝吉は小島に頭を下げた。

「うちの縄張で、そんな人攫いをするなんて、とんでもねえやつらだ。許せません。どうか、あっしらにも娘さんたち捜しの手助けをさせてくだせい。子分たちに命じて、娘さんたちを捜させましょう」

「ありがたい、そうしてくれると助かる」

文史郎は勝吉に礼をいった。

「礼をいわれるなんて、とんでもねえ。お手伝いするのは、当然のことです。この広小路で人攫いがあっただなんて、お上から仕切りを預かっているあっしらの面子《メンツ》丸潰れでやす。あっしらの顔に泥を塗ったやつは許せねえ」

勝吉は、戸口にいた若い者たちを呼び、至急に若頭以下、全員に小屋へ集まるよう、命じた。

元気よく返事をした若い者たちは、一斉に小屋を飛び出して行った。

勝吉は小屋の台所に声をかけた。

「誰か、お茶を持って来い。すみません、お茶を出すのも気付かずにいて」

「はーい、ただいま」

台所から賄い婦の声が返った。

文史郎は腕組をした。

「ところで、勝吉、おぬしなら、それがしたちが知らぬ裏の裏の社会にも通じておろう。幼い娘っ子を攫うような連中についても、何か心当たりがあるのではないか？」

「お殿様も、小島様も、的屋稼業を勘違いなさっておられますぜ。あっしらは、他人に迷惑をかけるやくざ者や町奴たちとは違いますんで。あっしらは、祭りや縁日の際に、香具師《やし》や露店主、芝居小屋の興行主たちの間を取り持ち、お互い商売しやすいように、場所を仕切ったり、商売にいちゃもんをつけ、金をせしめようというような町奴ややくざ者、無法者から皆さんをお守りする役目を負っていやす。そういう荒くれ者を相手にする仕事である以上、うちの若い衆も相手に舐《な》められないように、腕っ節が強い者もいるし、見かけからしてやくざまがいの連中もいますが、それはご愛敬というものでして」

勝吉は厳しい顔をしながら、物腰柔らかくいった。小島が執り成した。

「勝吉、お殿様も、それは御存知の上だ。なにも、おぬしを責めているわけではない」

「はい。さようでございますよね」

勝吉は笑顔に戻った。

文史郎はうなずいた。

「勝吉、おぬしたちが綺麗事だけで、縄張を守れない事情はよく分かってのことだ。だから、おぬしなら、我々のような表の社会の者には分からぬ裏の社会というものを存じておろう。確かなことでなくてもいい。おぬしなら、攫われた女の子たちを捜すとしたら、どこをどう捜すか、教えてもらいたいのだ」

「そうですな。女の子ねえ。三人以外にも、いるのですかい？」

小島はうなずいた。

「このところ、あちらこちらで女の子が神隠しにあっている。見世物小屋で消えた三人を含めて、都合、十人にもなる」

「一人二人ならまだしも、十人も神隠しに遭っているってえのは、確かに妙だなあ。ってえと、あっしなら……」

勝吉は一瞬言い淀んだ。宙を見ながらいった。

「……吉原や岡場所に遊女を斡旋している女衒《ぜげん》や人買いにあたりをつけるでしょうがね」

「なるほど」

文史郎は吉原廓の禿《かむろ》たちを思い浮かべた。

廓の禿たちは諸国から人買いが金で買い集めた女の子たちだった。

「短い間に十人もの女の子を拐かすってえのは、売り飛ばす先がある、引き取る先があるってえことでしょう？」

小島が首を捻った。

「しかし、勝吉、そんな大勢の女の子を、吉原なら吉原、深川や品川の岡場所に、一遍に売り飛ばしたら、目立ち過ぎるのではないか？　評判にもなろう」

「でしょうね。でも、蛇《じゃ》の道はヘビでやす。きっと女衒なら、いったい誰の仕業か知っているのではないですかね」

文史郎はうなずいた。

「それがしも、そう思う。勝吉、どうだろう、誰か、心当たりの女衒を知らないか？」

「ううむ。あっしは女衒に知り合いはいねえなあ」

勝吉は首を振った。

小島が文史郎に代わっていった。

「なに女衒でなくてもいい。女衒たちを知っていそうな廓か岡場所の者はいないか」

「あ、それなら、いないことはねえ。深川界隈の祭りや縁日を仕切っている元締めの的屋仲間がいやす。もしかして、あの親分さんなら、何か知っているかもしんねえ」

「なんと申す男だ？」

「男ではなくて、深川神風《じんぷう》一家のマサっていう女親分でさあ」

「マサという女親分か？」

文史郎は小島と顔を見合わせた。

勝吉は笑いながらいった。

「鎌倉の北条政子《ほうじようまさこ》の政ですよ。本人もご先祖様は源氏だと称している。五年前、親父の重兵衛《じゆうべえ》さんが亡くなり、二十歳で女だてらに深川神風一家を受け継いだ。美人の評判が高くて、気っ風《きぷ》がよく、男勝り。それでいて惚れ惚れするいい女でしてね」

「的屋の女親分になり、よく子分たちがついて来たな」

小島が感心した。

「若頭《わかがしら》以下、子分衆がいいってことですが、先代の重兵衛さんが人徳のあった大親分でしてね。その重兵衛さんの娘さんということで、みんな大事に守《も》り立てたんでさ。ともかく、深川的屋のお政といったら、あっしら的屋の世界では、かなり名が通っています」

「勝吉、そのお政さんに、それがしたちが会えるように口利きしてくれぬか」

文史郎はいった。

勝吉は大きくうなずいた。

「分かりやした。すぐに使いを出し、お殿様たちが会えるよう手配しましょう」

四

文史郎は小島と連れ立って、若い者の案内で両国橋を渡り、深川へと足を伸ばした。

深川を訪れるのは久しぶりだった。

「殿は、こちらに馴染みの方がおられたのでは？」

小島は意味深長にいい、にやっと笑った。

「米助《よねすけ》のう。いかがいたしておることか」

文史郎は歩きながら感慨に耽《ふけ》った。

深川芸者の米助とも久しく逢っていない。

　これまで用事があって深川の料亭に何度も上がることがあった。そのとき、宴席に芸者の米助を呼べばよかったのだが、相手からの接待を受けていたので、売れっ子の米助を呼んでもらうのを、つい遠慮したのだった。

「せっかく、深川に参ったのですから、お帰りに、ちょっと米助に顔をお見せになったらいかがですか。拙者は、先に帰りますんで」

「そういうわけにもいくまい。三人の娘たちの行方を捜すのが先決だ」

「米助さんのこと。もしかして、いろいろな宴席に出ているうちに、人攫いについて何か聞き付けているかもしれません」

「なるほどな。分かった。帰りにでも、ちと寄ってみることにしよう」

　文史郎は小島の勧めに乗ることにした。

　三人の娘たちを拐かした人攫いの手がかりが転がっているのかは分からない。

　小名木川《おなぎがわ》の掘割に沿った道を歩き、髙橋《たかばし》の袂を過ぎたところで、案内人の若い者が一軒の仕舞屋《しもたや》の前で立ち止まった。

「お殿様、こちらが深川神風一家でやす」

「うむ」

表の障子戸や暖簾に、黒々とした筆で丸で囲んだ「風」の字が描かれている。

「少々、お待ちを。あっしが先方様にご挨拶をして来ます」

勝吉一家の半纏を着た若い者は一礼し、神風一家の玄関先に入って行った。

やがて、中から若い者の的屋同士の挨拶が始まった。

「おひけえなすって、おひけえなすって」

相手も「おひけえなすって」と返した。

「早速《さっそく》、おひけえなすって、ありがとうござんす……」

文史郎と小島は、的屋同士の型通りの挨拶が終わるのを待った。

やがて挨拶を終えた若い者が玄関から出て来て、文史郎と小島にいった。

「神風一家の親分が、殿様と小島様にお会いになるそうでやす」

同時に玄関から、どやどやっと紫色の印半纏を着た若い衆が迎えに現れた。

「お殿様、同心様、どうぞどうぞ、中へお入りくださいませ。親分がお待ちしております」

若い衆の半纏の背には、神風一家の印、丸に風の紋が刷り込まれていた。

「では、遠慮なく。お邪魔いたす」

文史郎は小島を従え、玄関先に入った。

土間から式台に子分たちがずらりと並び、一斉に、文史郎と小島にお辞儀をして迎えた。

子分たちが並んだ中に、島田髷を結った留《と》め袖《そで》姿の女が一人正座していた。女は深々と頭を下げて、文史郎たちを迎えている。

「ようこそ、おいでくださいました」

「拙者、南町奉行所定廻り同心小島啓伍でござる。こちらにおられるのが、長屋の殿様こと剣客相談人の大館文史郎様だ」

「文史郎だ。よろしゅう頼む」

文史郎は平伏している女に声をかけた。女は平伏したまま、

「私は、神風一家のお政にございます。こちらこそよろしゅうお願いいたします」

「お政とやら、お願いの儀があり、こちらに参った。話をきいてくれるか?」

「まずはお上がりください。客間にご案内いたします」

お政は顔を上げた。

瓜実顔《うりざねがお》の整った顔立ちをしている。額は広く富士額で、きりりと眉は細くて美しい弧を描いている。その眉の下に切れ長の目が穏やかに笑っていた。

確かに美形だ、と文史郎は心の中で唸った。

勝吉からきいたときには、美しいが、性格は男勝りということだったので、半信半疑だったのだが、あらためてお政を見、勝吉の言葉がほんとうだったと思うのだった。

文史郎と小島の話をきいたお政は、隣に座った白髪頭の庄兵衛《しょうべえ》に何ごとかを囁いた。庄兵衛は小さくうなずいた。

お政はキッとまなじりを決していった。

「お殿様、同心のお話を承り、ほんとうに他人事《ひとごと》とは思えず、子を持つ親として、心から憤りを覚えます」

「お政殿は、御子をお持ちだったか」

「はい。まだ三つの娘でございます」

「そうかそうか」

文史郎は思わず相好《そうごう》を崩した。

美形なお政の娘だ。きっと、目鼻立ちの整った可愛い娘子だろう。

それにしても、と文史郎は思った。

お政は、お歯黒《はぐろ》をしておらず、綺麗な白い歯をしていたので、てっきりまだ独り身だと文史郎は思っていた。

だが、こんな美人を、世間の男が放っておくはずがない。きっと数多《あまた》の婿候補が押し寄せたに違いない。

小島も同様の思いだったらしく、驚いた顔になっている。

お政は、優しい顔を厳しくしていった。

「私、的屋の娘として育ち、切った張ったの世界は慣れております。深川育ちとして、男の遊び場の裏の事情も多少は存じております。でも、人攫いは非道《ひど》い。女衒、人買いは、ともあれ、子を手離す親も承知の上で、子を売り買いする仕事でしょう。それとて、人の売り買いは許されることではないのに、無理遣り、子供を攫うなど、言語道断でございます」

「うむ。それがしたちも、そう思う」

お政はうなずいた。

「分かりました。ところで、こちらに控える爺は、私など足許にも及ばぬほど、世間の裏の裏に通じている者にございます。爺、あなたからお話しして」

「へい」

庄兵衛は白髪頭を下げ、文史郎に向き直った。

「あっしの知り合いに、大昔から女衒をしている晋兵衛《しんべえ》という男がおりやす。最近は、晋兵衛も歳なので、人買いの世界から足を洗ったときいていますが、それでも、まだ昔の仲間はいるはず。もしかして晋兵衛なら人攫いのことを知っているやもしれませんん」

「庄兵衛、それがしたちに、晋兵衛を紹介してくれぬか？　すぐにでもあたって、人攫いから娘たちを救い出したい」

「しかし、晋兵衛は昔気質《かたぎ》の男でやす。一見《いちげん》のお殿様や、まして町方同心に、人買い仲間を裏切るかもしれぬ話をするとは思えません。どうでしょう。ここは、あっしに任せていただけませんか？」

「どうだ、小島？」

「そうですな。庄兵衛殿にお願いするのが一番手っ取り早いかもしれませんな」

「そうなさいませ。爺は頼りになる男です。きっと晋兵衛から、耳寄りな話を聞き出してくれましょう」

　お政も勧めた。文史郎は庄兵衛に頭を下げた。

「では、庄兵衛、それがしからもお願いいたす。晋兵衛から、人攫い一味は何者で、どこにいるのか、聞き出してくれ」

　庄兵衛は手を振って、頭を下げないでほしい、という仕草をした。

「お殿様、晋兵衛が知っているかどうか、まだ分かりません。ですが、もし晋兵衛が知らなかったとしても、晋兵衛に人買い仲間にあたって調べてもらうのが一番早く人攫いに辿り着くかと思います」

「頼む。一刻も早く、子供たちを救い出したい。そのためなら、それがしも何でもいたす。庄兵衛、おぬしから、こうしてほしい、ということがあったら、いってほしい」

文史郎は重ねて頭を下げた。

隣の小島もいった。

「奉行所も、子供たちの居場所が分かれば、すぐにそれがしが捕り方を率いて駆け付ける。どうか、晋兵衛殿によろしく、協力方をお願いいたしたい」

「爺、私からもお願いね。神風組も一家をあげて、人攫いを捜すから」

「承知いたしました。では、さっそくに」

庄兵衛は文史郎と小島に一礼し、お政にも目礼したかと思うと、年寄とは思えぬほど敏捷な動きで座敷から出て行った。

「お殿様、まずは今夜一晩、お待ちくださいませ。必ず、お殿様か小島様に庄兵衛からなんらかの知らせが届くと思います」

お政は凛《りん》と張った涼しい目で文史郎を見つめた。

文史郎は、まるで伊達男のようなお政の態度に感じ入った。

五

文史郎は小島と別れ、髙橋を対岸に渡った。辰巳《たつみ》芸者の米助は霊巌寺《れいがんじ》の隣の町内に住んでいる。

まだ昼を過ぎたばかりだから、米助は料亭に上がることなく、軀を休めているに違いない。

深川に来た以上、一目《ひとめ》でも米助に会って挨拶しなければ、米助も納まるまい。

掘割沿いの通りから一歩裏路地に入ると、黒塀に囲まれた瀟洒《しょうしゃ》な家が建ち並んでいる。

どこからか、三味線を爪弾《つまび》く音が流れて来た。それに合わせて、女が唄う都々逸《どどいつ》がきこえる。

惚れて通えば　千里も一里

逢えずに帰れば　また千里
逢うて別れて　別れて逢うて
末は野の風　秋の風……

——粋《いき》だねえ。

文史郎は米助の家の前に足を止めた。三味線の音は、米助の家からではなかった。

玄関先には水が打ってあった。

家には、人の気配がない。

文史郎は格子戸に手をかけ、がらりと開けた。

「御免よ。誰かいるかな？」

「はーい」

台所から、若い女の返事があった。

ばたばたと廊下を走る足音がして、丸顔のおぼこ娘が玄関先に現れた。

「米助はおるかの？」

「いんやいねえ。米助姐《ねえ》さんは出かけてっぺ……いけね、出かけております」

「そうか。じゃあ、また出直して参るか」

「お侍さん、どちらさんですか？」

「文史郎といえば分かる」

「文史郎だな？」

「そうだ。大館文史郎だ」

「何の用だ？」

文史郎は田舎出らしいおぼこ娘に微笑みながら応えた。

「近くに参ったので、ちょっと米助の顔が見たくなり寄ってみた。用事はない。では、御免」

文史郎は娘に目礼した。

「ちょっくら待ってくんろ。おら、困《こま》っぺ。米助姐さんは置き屋の女将《おかみ》さんに呼ばれて行ったんだ。すぐに戻ってくっぺ。いましばし、いてくんろ」

「いや、いい。米助は忙しそうだし、それがしも、そうゆっくりはできんのだ。また参ると、米助に申し伝えてくれ。ではな」

「もし、お侍さん……」

文史郎は娘に手を振り、路地を歩き出した。

娘はあきらめた様子で、それ以上引き止めようとはしなかった。

まだ日暮れまでには間がある。

広小路に戻り、貫之丞一座や見世物小屋のほかの小屋の者たちにも聞き込みをしてみよう、と文史郎は思った。

掘割沿いの道に戻ったとき、後ろから下駄で走る音がきこえた。振り向くと、米助が蹴躓《けつまず》きそうになりながら、裾を乱して走って来るのが見えた。

「文史郎さま〜あ」

米助は息急き切って文史郎の前に駆け付けた。

「ああ、しんど」

米助は肩を上下させて、大きく息をついた。

米助はお座敷に出る前とあって、素顔に近い薄化粧だった。ほんのりと紅《べに》を差したように頬が赤くなっている。

「おう、米助、戻ったのか」

「下女のおしんから……ききました……」

米助は、すぐには口が利けず、文史郎の肩にすがった。ほのかな化粧の匂いが鼻孔をくすぐった。

「おい、米助、よせ。他人が見ているだろうが」

通りがかりの人たちが、にやにやしながら文史郎と米助を見ている。

「ふん、いいじゃないさ。見たけりゃ見りゃあいいわ」

米助は鼻を鳴らし、通行人たちを横目で睨み、文史郎の手をそっと握った。柔らかな優しい手だった。

「文史郎様、なんて人が悪いの。せっかく御出でになったのに、わたしの顔も見ずに、すぐに帰るだなんて。なんてつれない、お殿様なの」

「あいすまぬ。急ぎの仕事があって、ほんとに暇がないのだ」

「まあ、どこの女からの朝帰り、いや昼帰りなの」

「そんな遊びではない。相談人の仕事で深川に参ったついでに寄っただけだ」

「まあ、ついでだって。どうせ、米助のところは、ついでにしか御出でにならないのでしょ。憎いお殿様」

米助は拗《す》ね、文史郎の腕を抓《つね》った。

痛てて。

文史郎は通行人の目もあるので、声を殺して痛がった。

「でも、ちょっと上がってお茶でも飲むぐらいの暇はあるんでしょ。だから、お寄りになったんでしょ」

「米助、そう責めるな。次には、必ずゆっくり参る」

「前も次にと、そうおっしゃったのに、あれから何十年も、顔一つお見せにならなかったじゃあないの」

「おいおい、何十年もとは大袈裟な」

「私には、一日が一月、一月が一年なんです。さあ、うちにお戻りになって」

米助は文史郎の手を引っ張り、路地へ連れて行こうとした。

「だ、誰か助けて」

突然、女の悲鳴が上がった。同時に子供の火が付いたような泣き声も起こった。

「どけ、あま」

男の怒声とともに、掘割に大きな水音が立った。

文史郎と米助は足を止めた。

髙橋の上で、男女が揉めていた。

「誰か、あの子を助けて」

女が橋の欄干《らんかん》から身を乗り出し、掘割を指差した。

掘割の水面で、子供が手足をばたつかせていた。溺れている。

文史郎は周りを見回した。通行人たちは掘割を覗いて騒いでいるものの、誰も助けに下りようとしない。掘割を通る舟もない。

「米助、これを頼む」

文史郎は腰の大小を抜いて、米助に渡した。

「お殿様、まさか」

米助は大小を抱え、唇を震わせた。

「助ける」

文史郎は帯を解き、着物を全部脱ぎ捨て、褌《ふんどし》一丁になった。米助が脱ぎ捨てた着物を掻き集めた。

「大丈夫ですか。お殿様、水は冷《つめ》とうございますよ」

「なおさら、あの子を救わねば」

文史郎は身震いした。裸になると、風の寒さが身に沁みる。

「……あわわわ」

溺れているのは、男の子だった。必死でもがいていた。

文史郎は掘割の岸辺をずり下り、足から水に入った。

水は凍えそうに冷たかった。だが、冬、在所の那珂川《なかがわ》で行なう寒中水練に比べれば、なんの、これしきの冷たさは平気。

溺れていた子供のばたつきが、次第に弱くなっていた。水しぶきも上がらない。

文史郎は思い切って泳ぎ出した。見る間に軀が凍《こご》えていく。

掘割の岸辺から通行人の声援が上がった。

「助けて、お願い。お侍さまあ」

母親の声が響いた。

子供は水没し、姿が見えなくなった。

まずい。急がねば。

文史郎は抜き手を切って子供が沈んだあたりに泳ぎ寄った。

息を止め、頭から水に潜った。

朧《おぼろ》に子供の着物が沈んでいるのが見えた。

文史郎は手を掻き、足で水を蹴った。手を延ばし、子供の着物を引き寄せ、帯を摑んだ。

子供は気を失ってぐったりしていた。好都合だった。

文史郎は川底を足で思い切って蹴った。水面に顔を出し、息をつぐ。後ろ向きになった子供を抱え、背泳ぎで岸辺に向かった。

「やったやった。お侍、さあ、手を」

通行人の男たちが、掘割の岸辺から、物干し竿を延ばし、文史郎に摑まるようにいった。

文史郎は右手で竿を摑みながら、左手で子供の軀を岸縁に押し上げた。

男たちが子供の着物の襟や帯を摑んで、岸に引き揚げた。

「……坊、……坊」

母親が泣きながら、子供に駆け寄り、軀を揺すった。

「水を吐かせろ」「俯かせて腹を押すんだ」

通行人の男たちが口々に言い合った。

一人の男が膝立ちした膝の上に、子供を腹ばいに乗せた。お腹を押された子供は、どっと大量の水を吐いた。大きく息をついて、激しく咳き込んだ。

「おう、助かったぞ」「もう大丈夫だ」

その間に、文史郎は物干し竿に摑まり、岸によじ登った。

「お侍さん、ありがとうございました」

母親が駆け寄り、文史郎に何度も礼をいった。

「よかった。ううう」

文史郎は水から上がると、身震いした。歯が寒さでかちかちと音を立てた。凍えそうに寒い。水の中の方がまだ温かかった。

文史郎は、向こう岸に上がったのに気付いた。

着物や帯、大小を抱えた米助が、反対側の岸に立ち、手を振っていた。

「どけどけどけ！」

怒声が起こった。

通行人たちが追い散らされた。子供を抱えた母親も、新たに現れた男たちに追い払われた。

「うちの子を掘割に落としたのは、あんたたちだね、なんていう連中なんだい」

母親が男たちに怒鳴った。

「うるせい。あっちへ行ってろ。でないと、痛い目に遭うぜ」

男たちは母親を刀子《とうす》で威嚇した。

見るからにやくざ者と分かる荒くれたちが、手に手に脇差しや刀子をかざして、褌一丁の文史郎を半円状に取り囲んだ。

後ろは冷たい掘割だ。ほかに逃げ場はない。

「おまえら、卑怯だろう。丸腰の男を大勢で襲うなんて」

米助の声がきこえた。米助は着物と大小を抱え、二つ目橋に駆けて行く。

「てめえの命は貰った」

最初の無頼漢が脇差しを振りかざして、文史郎に飛び込んで来た。

文史郎は手にした物干し竿を振り回し、辛うじて男の脇差しを避けた。

物干し竿は得物《えもの》としては長過ぎた。なかなか思うように振り回せない。

文史郎は物干し竿の中程を両手に持って構えた。

髙橋で米助の怒声が上がった。

「そこをどきな。どかないと承知しないよ」

「へえ、威勢のいい姐さんだぜ。通りたいなら、通ってみな」

数人の無頼たちが、にやにやと嘲《せせ》ら笑い、米助に脇差しを向けて渡らせまいとしている。

左右から、刀子と脇差しを構えた男が二人、文史郎に斬りかかった。

文史郎は、物干し竿を軀ごと回転させて、二人の攻撃を振り払った。

「相手はたった一人だ。てめえら、一斉にかかってやっちめえ」

男たちの後ろで、腕を布で吊った大男が命じた。

殺気が文史郎に殺到した。

男たちは脇差しや刀子の刃を文史郎に向け、じりじりっとにじり寄りはじめた。

物干し竿をいくら振り回しても、一斉にかかられては防ぎようがない。文史郎は掘割に引き下がろうとした。

いつの間にか、掘割側にも男たちが刃を構えていた。

一人の人影が、柳の陰から、すっと男たちの背後に回った。と思った一瞬、刀が一閃し、無頼の男の一人が胴を斬られて崩れ落ちた。

文史郎ははっとして人影を見た。

痩せた顔の浪人者だった。前にやくざ者たちに襲われたとき、何もせず、じっと見ていた浪人だった。

凄まじい殺気を放っている。

浪人者は刀を振り払い、刃についた血糊《ちのり》を払い落とした。八相《はっそう》に構える。

「てめえ、邪魔するか」

腕を吊った大男が怒鳴った。

浪人者は低い声でいった。

「おぬしらに、文史郎の首を取らせるわけにはいかぬ」

「なんだと。てめえも、賞金首を狙っているのか」

「……この男の首は拙者が取る。それまで生きていてもらわなければ困るのでな」

「……ざけやがって、野郎ども、邪魔するこいつも片付けちまえ」

無頼の荒くれたちは、一斉に浪人者に脇差しや刀子の刃を向けた。

浪人者は男たちに周りを取り囲まれても、少しも動じず、刀を八相に構えた。

数人の男が刀子や脇差しをかざして浪人者に飛び込んだ。

浪人者の軀が舞うように動き、刀が前後左右に閃いた。

たちまち、四人の男が斬り伏せられた。

浪人者は残心《ざんしん》の構えを取っている。

「野郎、死にやがれ」

続けて四、五人が浪人者に斬りかかった。

浪人者は身を蝶のように翻し、男たちの刃を躱した。浪人者が動くたびに、刀が舞い、またも五人が斬られて倒れた。

文史郎は物干し竿を握ったまま、呆然として浪人者の動きに見入っていた。

「サンピン、よくも子分たちをやりやがったな」

大男は吊していた布を外し、脇差しを抜いた。無頼たちは、五人に減っていた。

「畜生！　サンピン、手加減していればいい気になりやがって。もう許せねえ」

「兄貴、あっしらが片付けやす」

髙橋にいた三人の男たちも、新たに駆け付けた。

八人のやくざ者が、あらためて浪人者を取り囲み、刃をかざした。

「文史郎様、いまのうちに、これを」

米助が文史郎に駆け寄って、大小の刀を差し出した。

文史郎は大小を受け取りながら、浪人者の様子を窺った。

その間に米助が手早く文史郎の肩に着物をかけ、袖を通させようとした。

文史郎は、米助の手を払い、裸のまま大刀を抜いた。

「御浪人、拙者も助太刀いたす」

「手出し無用だ。こいつらは拙者一人で十分だ。見ておれ」

浪人者は低い声で笑った。

「しゃらくせえ。やっちまえ」

大男が片手に持った刀で斬りかかった。それを合図に、ほかの無頼たちが一斉に浪人者に突きかかり、斬りかかった。

浪人者は最初に大男を真っ向袈裟懸《けさが》けに斬り下ろした。

返す刀で左右から突きかかった男たち二人の胴を薙《な》ぎ払った。

くるりと軀を回し、前後から飛び込んで来る二人の男に刀を振るった。一人の腕を斬り落とし、もう一人の喉を斬り上げた。

最後に、浪人者は宙に一跳びして、降りながら、刀を回転させた。一閃した刀は、たちまち二人を斬り倒した。

浪人者は残心に入った。足許には無頼の男たちが転がり、怪我で呻《うめ》いていた。

残ったのはたった一人だった。さすが無頼の荒くれ者も度胆を抜かれた様子だった。

脇差しを浪人者に向けてはいるものの、無頼の者は完全に戦意を失っていた。

「どうする？　おぬし、まだ、かかって参るか？」

浪人者がにっと笑った。

「ち、畜生、覚えてやがれ」

残った一人はあとも見ずに尻を捲《まく》って駆け去った。

「おい、生きている仲間を助けてやれ」

浪人者は逃げる男に怒鳴った。

それから、刀を振り、血糊を振り払った。懐紙を出し、丁寧に刀を拭い、静かに鞘に納めた。

文史郎も刀を鞘に納め、浪人者に向き直った。

「助けていただき、かたじけない。礼をいう」

「礼をいわれる筋合いはない。おぬしにここで死なれては困るからだ」

「なにい？」

「いずれ、おぬしを斬らねばならぬ。文史郎、それまで、おぬしの命を預けておこう。せいぜい、その女と楽しんでおくのだな」

浪人者は、それだけいうと踵を返し、引き揚げようとした。

文史郎は浪人者の背に怒鳴るようにいった。

「おぬし、なぜに、それがしの名前を知っておるのだ？」

「………」浪人者は答えなかった。

「なぜに、それがしの命を狙うのだ？　わけをいえ、わけを」

浪人者はそれにも応えず、すたすたと歩き、路地の角を折れて姿を消した。

「ほんとに、いけすかないやつ」

米助は文史郎の肩に着物をかけた。文史郎は袖を通し、着物を着込んだ。寒さで軀が抑えようもなくぶるぶると震えた。

「お殿様、うちで風呂に入り、軀を温めてください。濡れた下帯《したおび》もお替えにならないと、軀に悪うございましょう」

「うむ。では、少々厄介になろう」

文史郎はぶるぶるっと身震いした。急に寒さが軀を襲い、鼻水が出はじめていた。

誰かが番屋に知らせたらしく、近くの番屋から町方役人が大勢駆け付けて来た。

地べたに倒れた無頼たちを助け起こし、番屋に運んで行く。死体は菰がかけられ、戸板に載せられて、どこかへ運ばれて行く。

「お侍様、ほんとうにありがとうございました。うちの健《けん》坊の命の恩人です。なんとお礼をしたらいいのか。ありがとうございました」

先刻の母親が文史郎に駆け寄り、何度も頭を下げて礼をいった。

「礼などいい。当然のことをしたまでだ。ところで、お子さんの具合はどうだ？」

「いま、長屋で蒲団に包まって寝ております。大丈夫なようです。少々、鼻水は垂らしていますけど」

「風邪でも引いては困ろう。大事になさることだ」

「ありがとうございます」

「これからは、坊やが掘割に落ちぬよう気を付けることだな」

「普段から、掘割に落ちぬよう、気をつけています。でも、ほんとに、このやくざ者たちは、とんでもない連中ですよ。連中の一人が、何もしていないうちの子を、突然捕まえて橋の上から掘割に放り込んだんですから」

母親は腹立たしげにいった。

　米助が文史郎にいった。

「あいつら、文史郎様を丸腰にしようとして、あの子を掘割に放り込んだんですよ。案の定、文史郎様は、大小を私に渡して、助けに飛び込んだ。そうやって、丸腰の文史郎様を襲おうとした。きっと、ここで罠を張っていたんです」

「なるほど、そうだろうな」

文史郎も米助の推理が当たっているような気がしてならなかった。

「さあさ、お家に帰りましょう」

米助は文史郎の肩を抱き、歩くように促した。

それにしても、と文史郎は思った。

無頼の男たちは浪人者に向かって妙なことを口走っていた。

「てめえも、賞金首を狙っているのか?」

賞金首だと?

いったい何のことなのだ?

文史郎は米助の家に着くまで、その疑問が頭から離れなかった。

六

文史郎は米助の家で風呂に入り、ようやく軀が温まり、生き返った気分になった。

風呂から上がると、折り畳んだ着物の上に、真新しい下帯が用意されていた。

「さ、お召しになって」

文史郎は下帯を身につけ、着物を着込んだ。

米助は甲斐甲斐しく文史郎の身の周りの世話をした。

下女のおしんが、料理を載せた膳を運んで来た。

「米助、それがし、すぐにでも行かねばならぬ。ゆっくりはしておれぬのだ」

「まあ、そうおっしゃらずに。一杯だけ付き合ってくださいませ。私も、これからお座敷なんです。ゆっくりできません。だから、せめてもの逢瀬《おうせ》なのですから」

文史郎は米助の懇願に負けた。

「では、一杯だけいただこう」

米助は文史郎に湯呑み茶碗を持たせ、お銚子を傾けた。

「お殿様、今度は、いったい、どのような相談をお引き受けなさったのです？」

「人捜しだ。それも、突然、神隠しに遭ったかのように見世物小屋で消えた女の子供たちを捜しているのだ」

「まあ、女の子たちが消えたというのですか?」

文史郎は、米助にこれまでのいきさつを話してきかせた。

米助は興味津々《しんしん》に、身を乗り出して、文史郎の話をきいていた。

「それで、的屋の女親分、お政さんのところへ御出でになられたのですか?」

「うむ。お政からきいた。元女衒の晋兵衛という男なら、もしかして、人攫い一味を知っているかもしれないというのでな」

「晋兵衛という元女衒だった人なら、私も存じていますわ」

「なに、米助、おぬしも存じておるのか」

「はい」

「どんな男なのだ?」

「同じ女衒にも、いい人と悪いやつがいましてね。晋兵衛はいい人の方です」

「いい女衒のう。どうしてだ?」

「晋兵衛さんは地方に回り、食い詰めて娘を売ろうとしている親を見付けると、悪い女衒に娘を売らないよう先に娘を買い付ける。それも出来るだけ高く買ってあげる、それから娘を大事に扱い、無闇には廓や岡場所に売らず、女中や下女として商家などに奉公させるんです」

「では、悪い女衒というのは？」

「悪いやつは親から娘を安く買い叩く。さらに娘子を親から引き取ると、まずは自分のものにした上で、岡場所や廓の安女郎屋に売り飛ばす、そんな人でなしなんです」

「なるほど。それは非道いな。晋兵衛は、どこに住んでいるのだ？」

「たしか、本所の裏店住まいだと思いますよ。いまは女衒を廃《や》め、どこかの旅籠《はたご》の手代として働いているはず」

「米助は、どうして、晋兵衛を知っているのだ？」

「だって前の女中がやめて田舎に帰ったあと、晋兵衛さんの紹介で、うちにやって来たのが、おしんですから。ねえ、おしん」

　米助は膝を崩し、台所に声をかけた。

　台所からおしんが顔を覗かせた。

「うんだ。晋兵衛さんはおらの恩人だす」

「おしん、うんだでなく、はい、でしょ？　いつになったら、田舎言葉をやめて、江戸弁が身につくのやら。いい子なんですけどねえ。まだ気が利かない」

米助は溜め息をついた。文史郎は笑いながら訊いた。

「おぬし、晋兵衛にそれがしを紹介してくれぬか?」

「いいですよ。でも、私は置き屋の女将さんの紹介で、晋兵衛さんを知ったので、もし、お政さんのところの庄兵衛さんが晋兵衛さんにあたるということなら、庄兵衛さんに任せた方がいいのではありませんか? 私は、それほど晋兵衛さんと親しいわけでもないし」

「そうか。それもそうだな。米助の手を煩《わずら》わせることはないな」

文史郎は湯呑みの酒を呷るように飲んだ。

米助も湯呑みの酒を飲みながら訊いた。

「ところで、お殿様を襲った、あの大勢のごろつきたちは何者なのです?」

「分からないのだ」

「誰かに恨まれる覚えは?」

「それもない」

「お殿様を助けてくれた、あのご浪人は?」

「それも何者なのか分からないのだ」

「まあ、何も分からないんですね」

米助が文史郎の湯呑みに銚子の酒を注ごうとした。文史郎は掌で湯呑みを覆った。

「米助、ほんとうにもう行かねばならぬ。これでやめておく」

「そうですか。じゃあ、ほんとに、また来てくださいよ」

「分かった。きっと来る」

「ほんとですよ。はい、指切りげんまん」

米助は文史郎に小指を立てた。文史郎は仕方なく米助の小指に小指をからませた。

「約束を破ったら、針千本飲ーます。指切った」

「うむ」

文史郎はおもむろに立ち上がった。米助が台所に声をかけた。

「おしん、お殿様がお帰りですよ。履物を揃えて」

「はーい」

「返事だけはいいんだけど」

米助は苦笑した。

七

文史郎は、米助が呼んでくれた猪牙舟《ちょきぶね》に乗り、両国広小路に戻った。

勝吉一家の組番屋に顔を出すと、心配顔の小島啓伍と勝吉が待ち受けていた。

小島は立ち上がった。

「殿、ご無事でしたか。お怪我もなさそうで、よかったよかった」

「あっしらも、お殿様が襲われたって知らせを受けて、心配していたところです」

勝吉もほっとした顔でいった。

「いやあ、危なかった。危うく襲って来た連中の計略にはまるところだった」

「殿、どうぞ、お上がりになって」

小島が文史郎に板の間に上がるように促した。

「殿は、どちらに御出ででしたか？」

「米助のところだ」

文史郎は草履を脱ぎ、板の間に上がった。

「やはり。駆け付けた番屋の者が、殿が芸者らしい女子《おなご》に抱えられて姿を消したといっていたので、そうではないかと、思っていたところでした」

文史郎は火鉢の傍に胡坐をかいて座った。

小島が膝を詰めた。

「殿、襲った者たちが何者か、分かりましたぞ」

「ほう。何者だというのだ？」

「逃げ遅れた男を一人捕まえ、番屋で締め上げたところ白状しました。やつらは浅草界隈を根城にしたごろつき仲間でした。大半は、やくざや博打打ちですが、どこかの博徒の組の身内ではなく、殿を襲うためだけに徒党を組んだ連中でした」

「なに、それがしを襲うためだけに徒党を組んだだと？」

「はい。そいつが、とんでもないことを吐いたのです。大きな声ではいえませんが」

小島は文史郎に膝行し、耳元で囁いた。

「殿の首には、懸賞金がかけられているというのです」

「なに？」

文史郎は訝った。小島はいった。

「剣客相談人文史郎様の首には百両がかかっているとのことですぞ」

そうか、と文史郎は思い当たった。

ごろつきたちは浪人者に「てめえも、懸賞首を狙っているのか」といっていた。それは己の首に賞金がかけられているということだったのか。

「それがしの首は、たったの百両だというのか。安いな」

文史郎は首筋を撫でた。

「そのごろつきの話では、これで殿の首は、さらに上がり、二百両になるだろう、と」

「ほう。倍になるというのか。いったい、誰が、それがしの首に賞金をかけたというのだ？」

「そのごろつきも、それは分からないそうです。知っているのは、連中を取りまとめた兄貴分の久蔵《きゆうぞう》という男だそうで」

「久蔵？　何者だ？」

「腕っ節の強い大男で、殿に峰打ちで腕を折られた男だそうです」

「そうか、あの男か」

文史郎は、晒しで首から腕を吊った大柄な男を思い出した。

大男は盛んに仲間たちを文史郎にけしかけていた。

「しかし、なぜ、それがしの首に賞金がかけられたのかのう？」

「殿に、何か心当たりはありませぬか？」

文史郎は腕組をし、考え込んだ。

「心当たりのう？」

「剣客相談人として、これまで関わったことで、誰かに恨みを買うとかはありませぬか？」

確かに、これまで、たくさんの相談事を引き受け、大勢の人たちを助けた。助けた人たちから感謝されることはあれ、恨まれることはないだろう。

もし、恨みを持つ者といえば、これまで文史郎たちが、依頼人を助けるために懲らしめた相手たちだ。

だとすると、いったい、相手は誰だろうか？

「分からぬ。わしらは忘れていても、もしかして、わしらに恨みを持つ者が、たくさんいるかもしれないのう」

「最近のことで、何か、特に恨みを買いそうなことはしませんでしたか？」

「最近のことでか？」

小島が思案げにいった。

「もしかすると、今回の三人の娘子を攫ったやつらが、追及されるのを嫌って、賞金をかけたのかもしれませんぞ」

「しかし、わしらは、まだ人攫いの手がかりも得ていないではないか。だいいち、調べているのは、小島、おぬしや忠助親分たちで、それがしではない。もし、賞金がかけられるとしたら、おぬしたちではないか」

「そうですなあ」

小島は首をとんとんと手刀で叩いた。

「そういえば……」

文史郎は、ふと、もう一件の綾姫捜しの相談を思い浮かべた。

「何か思い出したのですか？」

「それがしは、こちらの長屋の娘たち捜しをやっているが、爺や大門に、ある藩の姫君捜しの相談を引き受けて、捜してもらっている。そちらの関係かもしれない」

「ほう、どのような？」

小島は訝った。

文史郎は小島の顔を見た。

「これは内密の話だ」

「分かりました。他言無用にします。いいな、勝吉も」

「はい。もちろんでやす」

「実はこういうことなのだ」

文史郎は依頼の概要を話した。

「姫君捜しを依頼して参ったのは、次席家老の戸村勝善と正室の鶴の方だ。対立する筆頭家老の柴田泰蔵たちは、もしかして、わしらが姫君捜しをするのを快く思っていないかもしれない」

「しかし、柴田たちも、姫君を捜しているのでございましょう？　だったら、なぜ、殿の首に賞金をかけましょうや。姫君を捜し出してもらいたいことでは、筆頭家老の柴田も、次席家老の戸村も同じでしょう。なにも、殿を恨むことはない」

「そういわれれば、そうだのう」

文史郎は腕組をし考え込んだ。

皆目《かいもく》見当がつかなかった。

小島がいった。

「ともあれ、久蔵なる者を捜し出し、捕まえて、誰から金が出るのか、聞き出すしかありますまい」

久蔵か。久蔵を捕まえて、白状させる。

いまのところ、それが一番の解決策のようだった。

第三話　黒蜘蛛

一

文史郎は長屋に戻り、左衛門たちと夕餉の膳を囲んでいた。

左衛門が丸干しを齧《かじ》るのをやめて目を剝《む》いた。

「なんですと、殿の首に懸賞金がかけられているというのですか」

大門はご飯にお茶をかけて、ずるずると啜りながらいった。

「それはけしからん話ですな」

左衛門は文史郎に訊いた。

「それで、賞金はいくらでござるか？」

「百両だ。しかし、それがしの首を取るのを二回も失敗したことで、いまは倍に値段は跳ね上がるらしい」

「ほほう。二百両でござるか」

大門は顎の髯を撫でた。左衛門が目敏く大門の様子を見ていった。

「大門殿、何をお考えか？　まさか、殿の首を取ろうなどという不埒《ふらち》な考えを抱いたのではないでしょうな」

「いや、そんなことよりも、殿の首にかけられた懸賞金、どこまで上がるのか、と思っただけでござった」

「もし、余の首が千両首にでもなったら、大門、いかがいたすというのだ？」

「考えますな」

大門はにっと笑った。

文史郎は頭を振った。

「大門のことだ、余が眠っているときに、寝首をかきに来るかもしれぬな」

「かもしれませんなあ」

大門はじろりと文史郎の首を見た。

「大門殿、ことと次第によっては……」

左衛門が、腰の小刀に手をかけた。

「冗談冗談。爺様、冗談でござる。本気になられるな」

大門が手を振って否定した。

「爺、大丈夫だ。大門は痩せても枯れても、余を裏切ることはすまい。金で動くような男ではない。女だと分からぬが……」

「爺様、そうでござるぞ。心配なさるな。それよりも、今後、殿の首にかかった懸賞金が、どんどんと上がり、ほんとうに千両首になったら、それこそ、殿のお命を狙う者がたくさん押し寄せて参りましょう。そうなったら、ことだな、と余計な心配をした次第。すぐにでも、懸賞金を出そうという不埒な人物を見付け出し、やめさせないと、ほんとうにえらいことになりましょうぞ」

大門は髯をさすった。

文史郎はうなずいた。

「浅草界隈に屯している久蔵という博打打ちが、どうやら余の首に懸賞金をかけた相手を知っているらしい。ごろつきどもは、その久蔵の指図で動いていた」

左衛門はいった。

「殿、姫君捜しのため、玉吉を呼んであります。玉吉に久蔵のことも調べさせましょう。それと、いったい誰が殿の首に懸賞金をかけたのかも」

「うむ」文史郎はうなずいた。

「殿の命を狙うなど不届き千万。見付けたら、この爺がただではおかぬ」

左衛門は腹立たしげに吐き捨てた。

油障子戸の外に人の気配がした。

「お殿様、御免なすって」

男の声がきこえた。

左衛門がすかさず声を上げた。

「どなたかな？」

「小島様の使いの者でやす。お殿様は御出ででしょうか」

「おるぞ」

「では、失礼いたしやす」

障子戸が引き開けられた。暗がりの中から、勝吉組の法被を着た若い者がのっそりと現れた。

「至急に広小路の番屋にお越しくださいませ」

「どうしたというのだ？　何かあったのか？」

「ウシが動いたそうです」

若い者が告げた。

左衛門が訝った。

「ウシだと？　どういう意味ですかの？」

「分かった。すぐ参ろう」

文史郎は刀を手に立ち上がった。左衛門は慌てた。

「殿、爺も参ります」

大門が左衛門を手で制した。

「いや、拙者が御供をいたす。また暗がりで襲われるやもしれません」

「大門殿だけでは不安です。爺も参りましょう」

文史郎は苦笑した。

「爺、そう心配いたすな。百両や二百両の懸賞金をかけられて、やすやす命を取られる余ではない。もしかすると、また誰からか連絡があるかもしれぬ。爺は長屋で留守番をしていてくれ。では、参ろう」

表で若い者がぶら提灯を掲げて待っていた。

若い者の先導で、文史郎は大門を従え、月夜の街に歩き出した。

二

両国広小路は淡い月明かりの下、芝居小屋や露店の影が朧に見えた。

番小屋のあたりだけが、提灯や篝火《かがりび》の炎で明るく照らされている。

文史郎と大門は足早に広小路を番小屋に向かって歩いた。

大門が掲げたぶら提灯がゆらゆらと揺れ、文史郎と大門の影法師を地べたに伸ばしたり縮めたりしている。

番小屋の戸口にいた若い者たちが、文史郎と大門の姿を認め、すぐに腰を低めて頭を下げた。

「ご苦労さんでやす」

文史郎は若い者に尋ねた。

「同心の小島はおるかな?」

「へい。中でお待ちです」

若い者が戸を引き開けた。

蠟燭の明るい光に、小島と勝吉親分の姿が浮かんだ。

二人は文史郎と大門に気付いて、すぐに平伏しようとした。

「そのまま、そのまま」

文史郎は草履を脱ぎ、板の間に上がった。大門がのっそりと続いた。

文史郎は大門を勝吉に紹介し、板の床にどっかりと座った。

「丑吉が動いたそうだな」

「はい。いま、忠助親分たちが、密かに丑吉のあとを尾《つ》けています」

「広小路を出ようとしているのか？」

「そのようです」

「治兵衛はどうだ？」

「丑吉が出掛けて、まもなく、治兵衛が見世物小屋の若い者を一人連れ、舟で出掛けたそうです」

「治兵衛は、いったい、どこへ出掛けたのだ？」

「行き先は、まだ不明です。治兵衛には、末松と、こちらの若い者が尾行しています」

「舟に乗ったといったな？」

「はい」

小島は腕組をしていった。

「しかし、もう出て行ってから、かれこれ一刻（二時間）以上は経ちますから、そろそろ知らせが入ってもいいころですが」

小島が言い終わるか終わらぬうちに、小屋の外で人の動く気配がした。

「ご苦労さんでやす」

若い者の声が響き、戸が開いた。

冷えた空気を身に纏った若い者が腰を低めて小屋に入って来た。

「失礼いたしやす」

勝吉が顔を上げた。

「お、六吉《ろくきち》、どうだい、首尾は？」

「丑吉の行き先が分かりやした」

「どこだ？」

「それが、丑吉の野郎、大川沿いのさる藩の蔵屋敷に姿を消したんでさ」

「なに、さる藩の蔵屋敷だと？」

「へい」

文史郎は小島と顔を見合わせた。

蔵屋敷は、諸大名が、お金と交換するため、領内で採れた米穀や物産品を貯蔵・販売するために設けた蔵のある屋敷だ。

蔵屋敷に入られては、町方役人は一切手が出せない。

小島は唸るようにいった。

「これは、いささか厄介なことになりそうですな」

大門が髯を撫でながらいった。

「殿、子供の人攫いに、どこかの藩がからんでいるというのですかな？　けしからん」

「まだ、そう決まったわけではない。だが、丑吉が、どうして、そんな蔵屋敷に入って行ったのかだな」

文史郎は腕組をして考え込んだ。

勝吉が六吉に問うた。

「いったい、どちらの蔵屋敷だったのだ？」

「それは、まだ分かりません。なにせ、夜なんで、忠助親分たちも調べがつかずにいるようです」

「で、その蔵屋敷の場所は？」

「大川を両国橋から下り、新大橋の手前右手の川端にありやす」

小島も腕組をした。

「殿、あのあたりは、大藩のみならず、松平様など幕府要路の下屋敷や蔵屋敷がずらりと並んでおります」

文史郎は六吉にきいた。

「治兵衛の方は、どうだ？　舟で行った先は分かったか」

「あっしは忠助親分といっしょでしたんで、治兵衛の行き先は知りません」

六吉は頭を左右に振った。

「そうか。これから、どうするかだな」

「忠助親分からの言伝《ことづて》がありやす」

「うむ。なんだと申しておる？」

文史郎は六吉に顔を向けた。

「こちらで、しばらくお待ちください、とのことです。何か動きがあれば、すぐにお知らせすると」

「そうか。わしらが行っても仕方ないか」

文史郎は顎を撫でた。小島がうなずいた。

「ここは、忠助親分たちに任せましょう。忠助親分のこと、きっと何か摑んでくれるはずです」

「拙者も小島殿に賛成ですな。わしらが、下手《へた》に忠助親分たちが張り込んでいるところへ押し掛け、敵にこちらの動きが知られるかもしれませんし」

大門もいった。文史郎はうなずいた。

「分かった。ここで待とう」

「お殿様、あっしはこれで。忠助親分たちの許へ戻りますんで」

六吉がぺこりと頭を下げて、後退した。

小島が六吉にいった。

「忠助親分に、よろしくいってくれ」

「へい。では、御免なすって」

六吉はもう一度頭を下げ、素早く戸口から姿を消した。

文史郎は、腰に吊した煙管入れから煙管を取り出した。莨を火皿に詰め、火鉢の炭火に煙管の雁首をかざした。莨に火をつけ、ゆっくりと煙草を吹かした。

まずは攫われた女の子たちの居場所を突き止めるのがなによりも先決だ。

手がかりは、おさきたち三人が消えた見世物小屋の丑吉と治兵衛の二人だった。

長屋の三人を含めて、十人もの女の子たちを人目につかず監禁しているとしたら、泣き喚くだろうし、騒ぐだろう。

十人もの女の子たちを攫うのは、一人や二人の仕業ではないだろう。きっと大勢の仲間がいるはずだった。

丑吉も治兵衛も、見世物小屋に入った女の子たちの姿も見ていないといっているが、少なくても入り口の呼び込みをしていた丑吉が見ていないというのは嘘であろう。

小屋へいっしょに入った男の子たちの証言がある。

小屋の中に入った女の子たちを攫うには、丑吉以外に何人かの仲間がいるはずだ。番頭の治兵衛が、小屋の中の出来事を知らぬというのは不自然だった。

つまりは、二人とも嘘をついていると見ていい。

十人の女の子たちが攫われたと知ったら、泣き喚き、大騒ぎをするに違いない。しかし、いくら泣き喚いても騒いでも、周囲の人に気付かれないようにするには、土蔵や地下牢に閉じこめるしかあるまい。

蔵屋敷は町方役人も立ち入れず、女の子たちを隠す格好の場所になる。

だが、蔵屋敷がなぜ人攫いに加担するのだ？　どこの藩かは分からぬが、藩ぐるみで人買いをしているというのか？　解《げ》せぬ。

それに、女の子たちが、無事かどうかが心配だった。人攫いたちが、攫った女の子たちをすぐに殺すとは思えない。ただし、彼らが逃げ場がなく切羽詰《せっぱつ》まれば、子供たちを闇から闇に葬り去ることもあろう。

子供たちが監禁されている場所が特定できたら、一挙に急襲して、子供たちを全員解放しなければならない。

「われわれ、町方役人は、藩の蔵屋敷に手が出せませんが、屋敷の外ならば、なんでもできます。丑吉が屋敷から出て来たところを取り押さえ、番屋で絞め上げて白状させる手もありましょう」

「なるほど」

若い者が、お茶を運んで来て、文史郎たちの前にそれぞれ湯呑み茶碗を置いた。湯気が立っている。

「お茶でもいかがですかな」

勝吉が笑いながら、その場の空気を和《なご》ませようとしていった。

「殿、待てば海路の日和《ひより》ありといいますからな。待ちましょう」

「うむ」

文史郎は煙草の灰を落とし、湯呑みの熱いお茶を啜った。番茶の出花《でばな》の芳しい香りが鼻孔をくすぐった。

表が騒がしくなった。話し声がし、やがて戸が引き開けられた。

若い者が顔を出していった。

「親分、深川の神風一家の庄兵衛さんが御出でになりやした」

「おう、そうか。入っていただけ」

勝吉は顔を綻ばせていった。

文史郎は小島と顔を見合わせた。

「庄兵衛？」

「神風一家の若年寄ですよ。若年寄といっても、歳は取っているが、マサ親分の右腕として一家を支えている方だ」

勝吉が付け加えた。

「夜分に御免なすって」

白髪頭の庄兵衛がのっそりと小屋に入って来た。

「おう、庄兵衛さん。よう来なさった」

「お晩です。あ、やはり、相談人のお殿様も、小島様もこちらにいらっしゃいましたね」

庄兵衛は白髪頭を下げ、文史郎と小島、大門に挨拶した。

「庄兵衛さん、上がってくれ」

「へい。では、失礼いたします」

庄兵衛は大柄な身を縮め、板の間に上がり、文史郎の傍に座った。

文史郎が尋ねた。

「何か、分かったかね」

「へい。昔、女衒をしていた晋兵衛さんに会いました。事情を話し、協力をお願いしたところ、快く引き受けていただき、耳寄りな話をしてくれました」

「ほう。どのような？」

文史郎は身を乗り出した。小島も興味津々な面持ちで庄兵衛の顔を見た。

「……最近、西国から荒っぽい仕事をやるという悪名高い人買いたちが、江戸へ入ったそうなんです」

文史郎が訊いた。

「荒っぽい仕事をするというのは、たとえば、どのような？」

「人攫いです。町で見かけた、高く売れそうな美形の女子を手当たり次第に、かっ攫って行き、遠国《おんごく》に売り飛ばし、金儲けをする連中だとのことです。晋兵衛は、そいつらの仕業にちげえねえ、と」

「小島、おぬしの耳に、そんな人買いが江戸に入っているという噂が届いていたか？」

「いえ。初耳ですね。忠助親分たちからも聞いていない。もし、それがほんとうなら、奉行所を挙げて、そいつらを取っ捕まえねばなりますまい」

小島は険しい顔でいった。文史郎は庄兵衛を見た。

「その人買いたちは、なんという連中なのだ？」

「晋兵衛さんも、噂でしか名をきいていないそうですが、人買いたちの間では『黒蜘《くろく》蛛《も》』一味と呼ばれているそうです」

「その『黒蜘蛛』一味の首魁《しゅかい》は、誰なのだ？」

「並蔵《なみぞう》です。みんなから『黒蜘蛛の並蔵』と呼ばれているそうです」

「『黒蜘蛛の並蔵』のう？　どんな男なのだ？」

「それが、並蔵には、人買い仲間の誰も会ったことがないそうなんで、誰も正体を知らないそうです」

小島が文史郎に代わった。

「その並蔵たちは、いつごろ、江戸へ入ったというのだ？」

「ひと月ほど前らしいですよ」

「ひと月ほど前か。ちょうど広小路の縁日が始まるころだな」

小島は独り言をいいながら考え込んだ。

文史郎が訊いた。

「黒蜘蛛一味は、どれほどの人数なのだ？」

「せいぜい、十人ほどでしょう」

「江戸での根城は？」

「それが妙な噂がありましてね。黒蜘蛛はどこかの藩の屋敷を根城にしているらしいっていうんです」

「どこかの藩の屋敷だって？　それだ！」

小島が素っ頓狂な声を上げた。

「何か？」

庄兵衛は驚いて小島を見た。文史郎は話を続けるように促した。

「いや、あとで話すが、思い当たるところがあったのだ」

「そうですかい」

文史郎は腕組をした。大門が脇から口を挟んだ。

「その黒蜘蛛一味が、わざわざ江戸に乗り込んできたのは、なぜなのかな？　元々は浪速《なにわ》や西国が縄張だったのだろう？」

「そうですねえ。そういえば、晋兵衛さんによれば、黒蜘蛛一味は、なにやら南海屋《なんかいや》ともつるんでいるらしいですぞ」

「南海屋と申すと、あの菱垣廻船《ひがきかいせん》問屋か？」

「はい。さようで」

文史郎は大門と顔を見合わせた。

南海屋の政兵衛《せいべえ》は、西国大藩と取引があり、幕府老中や御側御用取次《おそばごようとりつぎ》とも親しい政商だ。

南海屋とは、これまで文史郎たちもいろいろな事件を巡って関わりを持ったことがある。

「つるんで何をしているというのだ？」

「金儲けでしょう。南海屋は悪どいことを平気でやる政商ですからね」

「どうして黒蜘蛛が南海屋とつるんだのかな？」

「元々、南海屋も黒蜘蛛一味も、西国を根城にしていましたからね。おそらく闇の商売で、両者はうまいことをしていたのではないでしょうか？　これはあくまで、あっしの推測ですが」

　庄兵衛は頭を振った。

「さっきの話に戻るが、どこかの藩とも黒蜘蛛はつるんでいると申したな。その藩は人攫いを使って何をしているのだ？」

「あくまで噂なんですが、どこかの藩がいたいけな娘を異国に売って儲けているらしいと」

「なに、異国へ売り飛ばすだと？」

　文史郎は小島と顔を見合せた。

「和人の娘は、異国では珍重されているって話なんで。黒蜘蛛も、それに目をつけたんじゃねえか、と晋兵衛はいってましたね」

「小島、これは一刻を争うことになるぞ」

「そうですね。忠助親分にも、その旨、伝えておきます」

　小島も真顔でいった。

三

庄兵衛は、しばらく番屋で話し込んでいたが、明日が早いのでと、勝吉親分と連れ立って、深夜前に帰って行った。

番屋に残ったのは、文史郎と大門、小島の三人、勝吉一家の不寝番の若い衆数人となった。

待つのは辛い。

されど吹きっ曝《さら》しの表で、丑吉や治兵衛を張り込んでいる忠助親分たちは、なお寒かろう。

まして、攫われて、どこかに監禁されている女の子たちは、さぞ心細いことだろう。寒さに凍えて震えているに違いない。

文史郎は居ても立ってもいられない気持ちに襲われた。

文史郎は、子《ね》の刻が過ぎたところで、意を決して立ち上がった。

小島が驚いて文史郎を見上げた。

「殿、どうなさいました？」

「小島、ここで知らせを待つよりも、こちらから忠助親分のところへ出向こう。いざというとき、現場にいた方がいい」

大門は立ち上がり、大きく背伸びをした。

「さよう、さよう。ここにいても、退屈至極。軀も冷えるばかり。あーあ」

小島も賛成した。

「忠助親分たちを励ましに行きましょう。丑吉が入った蔵屋敷も見ておきたいですし」

小島は、勝吉の若い衆に弓張り提灯に火を入れるように頼んだ。

「念のため、拙者はこれをお借りしよう」

大門は戸口にあった心張り棒を手に取り、手で棒をしごいた。

道案内の若い者を先頭に立て、小島と文史郎、大門の三人は広小路に足を進めた。

天空から細長い三日月が頼りなげな青白い光条を地上に投げかけていた。

寒々とした星が暗い夜空に輝いている。

広小路に北風が吹き寄せていた。

先頭を行く若い者の掲げる弓張り提灯が、行く手の暗がりを掻き分けていく。

「今夜は冷えますなあ」

大門は着物の衿を合わせた。心張り棒を肩に担ぎ、のっそりとついてくる。

広場の露店の間を抜け、広小路の木戸から通りに出た。

「ご苦労さんでやす」

木戸番たちが慌てて番屋から顔を出し、文史郎らに挨拶した。

文史郎たちも挨拶を返し、通りを歩き出した。

目の前に黒々とした街並が拡がっていた。

弓張り提灯を掲げた一行は、寝静まった街並の中を静々と進んで行った。

突然、塀越しに犬が激しく吠えはじめた。それを合図に、文史郎たちが移動するに伴い、先々の家の犬たちが引き継いで吠える。

夜の道は、昼間の道とは光景が一変し、まったく見知らぬ街の道を歩いている錯覚に襲われる。どこをどう歩いているのか、分からなくなる。

文史郎は暗がりに目を凝らし、昼間の風景を思い出しながら歩いた。

しばらくの間、通りから路地、路地から通りに抜けて歩く。

やがて、両側に高い築地塀が立っている通りに出た。

突然、行く手の物陰から、数人の人影がのっそりと現れた。

提灯の明かりに、忠助親分の顔が浮かんだ。

「誰かと思ったら、小島の旦那じゃねえですかい。それにお殿様や大門様も……。いったい、どうしたんで？」

文史郎が小声でいった。

「攫われた女の子たちを思うと、居ても立ってもおれなくなってな。……ところで、忠助、丑吉が入った蔵屋敷というのは、どの家だ？」

「この築地塀の間の道を、一丁ほど行った先の左手の屋敷でやす」

文史郎は目を凝らした。築地塀が途中で切れ、通用口の扉が見えた。

小島が囁いた。

「何か変わったことはなかったか？」

「妙な連中が、盛んに通用口から出入りしてやして。先程も、三、四人が屋敷に入ったきり、出て来ないんで」

「侍か？」

「いえ。いずれも、侍ではなく、やくざかごろつきのような連中なんで」

「武家屋敷にごろつきどもが集まるとは変だな」

「そうなんで。どうしても中の様子が知りてえと、小島の旦那には無断でしたが、火消し鳶《とび》の又吉《またきち》を屋敷に忍び込ませたんでさあ」

「なに？　見つかったら、えらいことになるぞ」

「へい。分かってやす。ですから、万が一、又吉が捕まったりしたら、あっしの責任です」

「おまえだけに責任は取らせぬ。すべては上司である拙者の責任だ。だから、あらためて命じる。又吉を屋敷に忍ばせて中の様子を探らせろ。これでよいな」

「旦那、ありがとうございやす」

忠助親分は頭を下げた。文史郎もいった。

「小島、おぬしたちには責任を負わせぬぞ。蔵屋敷がどこの藩のものかは知らぬが、いよいよになったら、相談人のそれがしがすべての責任を取る。心配いたすな」

「いや、お殿様に、そんなことをさせるわけにはいきません」

小島が慌てた。大門が笑いながらいった。

「殿、それに小島殿も、いま、そんな責任のことを話している場合ではないでしょう。まだ、忍んだ者が捕まったわけでなし」

「それもそうだ。大門のいう通りだ」

文史郎も笑った。

「しっ」

大門が警戒の合図をした。

若い者が提灯の灯を吹き消した。路地が真っ暗になった。

忠助親分が文史郎たちを路地の角に引き入れた。

いま来たばかりの通りを、提灯も下げずに、人影が一人ひたひたと足音を立ててやって来る。

影は文史郎たちが潜む路地の角まで来て、足を止めた。

「親分、あっしです。末松でやす」

忠助親分がほっとした声でいった。

「末松か、脅かすねえ」

忠助親分は暗がりに立つ末松のところに歩み出た。

文史郎たちも路地から出た。

「末松、おめえ、なんでここへ来るんだ。おめえには、治兵衛を尾《つ》けるようにいったはずだが」

「それが、おもしろいことになりやして。ともかくも、親分に報告しようと思って。あ、小島の旦那、それにお殿様。大門様も来ていたんですかい」

末松は文史郎と小島、大門に頭を下げた。

「末松、いってえ、どうしたってんでえ」

「治兵衛の野郎、やっぱ怪しいですぜ。舟で行った先が、なんと湊に停泊していた廻船だったんでさあ」

「廻船だと？　どこの持ち船だ？」

「船に密かに近付いて調べたら、南海屋の曙丸《あけぼのまる》だったんでさ」

「なんだと、南海屋の廻船だあ？　で、治兵衛は、どうした？」

「船に上がって、しばらく話し込み、やがて船を降りると、今度は舟を大川に回し、川に面した蔵屋敷の桟橋に着けたんでさ」

「蔵屋敷だと？　今度はどこの蔵屋敷だ？」

「親分たちが張り込んでいる、この蔵屋敷ですよ」

「確かか？」

「間違いありやせん。でかい楠《くすのき》が一本生えてましょう？　あれが目印でさあ」

末松の影が築地塀越しに見える楠を指差した。

仄《ほの》かな月明かりに、こんもりと枝を張った楠の巨木が聳えていた。

「なんで治兵衛までがこの蔵屋敷に来たんだ？」

忠助親分は暗がりで首を傾げた。

文史郎は小島に小声でいった。

「読めたぞ。小島、これは、確かにおもしろいことになった。治兵衛は、猫を被っているが、実は……」

文史郎はいいかけて、言葉を止めた。

蔵屋敷で騒ぎが起こった。

「出合え出合え！　曲者だ」

「逃がすな」

怒声が聞こえる。

築地塀の瓦屋根を身軽に走る影があった。影は文史郎たちがいる近くで、ひらりと地上に飛び降りた。

「又吉、ここだ」

「……親分」

影は息急き切って路地に飛び込んだ。

「どうだった？」

「親分、いました。蔵ん中に女の子たちが監禁されているのをこの目で見ました」

「そうか。でかした」

「それに、今夜、やつら、子供たちをどこかに移そうと算段してますぜ」

文史郎は思わずいった。

「そうか、船だ。子供たちを廻船に移し、どこかへ連れて行こうとしているんだ」

蔵屋敷の通用門から、弓張り提灯がいくつも走り出た。

「曲者、待て！」

「逃がすな」「取り押さえろ」

大勢の影が口々に叫びながら走って来る。

弓張り提灯には、くっきりと葵《あおい》の紋が付いていた。

「あれは、松平家の御紋ではないか」

小島の声が上擦った。忠助親分が小島にいった。

「旦那、どうします？」

「やむを得ぬ。残念だが、いったん、ここは引こう。あらためて」

文史郎が小島を止めた。

「待て。小島、逆だ。打って出るぞ」

「しかし、松平家の蔵屋敷に打ち込むのは……」

小島は躊躇《ちゆうちよ》した。

「しかしも、くそもない。構わぬ。余は松平文史郎。どこの松平家か知らぬが、無辜《むこ》の子供を拉致監禁《らちかんきん》していると分かった以上、絶対に許せぬ。それに一刻の猶予もない。子供たちが船に乗せられ、どこかへ連れ去られるかどうかの瀬戸際だ。大門、いいな」

文史郎は通りに躍り出た。鯉口を切った。

「殿、やりましょう」

大門も通りに出、心張り棒をぶんぶんと振るった。

小島も通りに出て、腰の大刀に手をかけた。

「ようし、拙者もこの首をかけて、やる決心がつきました。忠助親分、引かぬぞ。屋敷に打ち込む。みんなにそう伝えろ」

「待ってました。そう来なくっちゃあ」

忠助親分は十手を腰から抜いた。大声で周囲に潜む手下たちに怒鳴った。

「きいたな。野郎ども、屋敷に打ち込むぞ」

「おう」

下っ引きたちは、十手や刺股、杖を手にして構えた。

「又吉、おまえは先に忍び込め」

忠助親分が命じた。又吉は、素早く仲間の一人の肩車に乗り、築地塀の屋根によじ登った。

通りを大勢の人影が殺到して来た。

文史郎たちが、彼らの前に立ち塞がった。

人影の足が止まった。

「な、なんだ、てめえたちは何者だ?」

「邪魔するのか!」

先頭を切って走って来たのは、中間小者や荒くれ者たちだった。手に手に脇差しの抜き身を持っている。

小島が大声を張り上げた。

「南町奉行所定廻り同心小島啓伍。忠助親分、こやつらを召し捕れ!」

「御用だ」「御用だ」

忠助親分と下っ引きたちが、一斉に十手や刺股、杖を構えた。

荒くれ者たちのあとから、侍たちがばたばたと走り込んだ。

「なにい、町方ではないか」

「しゃらくさい。この葵の御紋が見えぬか」

侍たちは居丈高に中間小者たちが掲げた提灯を差した。

「おぬしら、よくも葵の御紋を汚したな」

文史郎は怒鳴り付けた。

侍たちはたじろぎ、顔を見合わせた。

「な、なんだと。何者だ。名を名乗れ」

「剣客相談人大館文史郎だ」

「な、なにい、剣客相談人だと？　笑わせるな。しゃらくさい」

「何を戯言《ざれごと》をいっている。やっちまえ」

侍の一人が抜刀した。

それを合図にほかの侍たちも一斉に刀を抜いた。

中間小者や荒くれ者たちも脇差しや刀子《とうす》を構えた。

「こいつらの数は少ねえ。ぬかるな」

中間小者や荒くれ者たちが抜き身を振りかざして、文史郎と大門に斬りかかった。

「拙者が相手だ」

大門が飛び出し、心張り棒を振り回し、たちまち荒くれ者たちを叩き伏せた。

小島や忠助親分、末松ら下っ引きたちも、荒くれ者らを相手に立ち回りはじめた。

侍たちが気合いもろとも、文史郎に斬りかかった。

文史郎は左右から斬りかかった侍二人を、抜き打ちで、一瞬のうちに斬り倒した。

続いて、斬りかかった三人目、ついで四人目をあっさりと斬り払った。

侍たちは地べたに転がり、苦悶にのたうち回っている。

「峰打ちだ。しばらく転がっていろ」

文史郎は転がった侍たちにいった。

残った侍たちも、中間小者、荒くれ者もじりじりと後退しはじめた。

「てめえ、丑吉！　逃がさねえぞ」

忠助親分が逃げようとしていた荒くれ者の一人に捕り縄が付いた十手を投げつけた。

十手はくるくる回転し、丑吉の足にからみついた。丑吉は十手に足を取られて躓《つまず》き転んだ。

「御用だ！　丑吉、神妙にしろ」

末松が倒れた丑吉に飛びかかり、腕を捩《ね》じ上げた。

「大門、続け」

文史郎は逃げる侍たちを追いかけて走った。

「殿、それがしがあとについていておりますぞ」

大門が棒を振り回しながら続いた。

「御用だ。召し捕れ」

小島も十手を振りかざし、忠助親分たちを率いて突進する。

たちまち通用口の前で混戦になった。

文史郎は通用口に立ち塞がる人影を、当たるを幸い、峰打ちで打ち払った。通用口から蔵屋敷内に踏み込んだ。

玄関先の庭には、何本も篝火が焚かれ、あたりを照らしていた。

屋敷の玄関には、逃げて来た侍や中間小者、荒くれ者たちが肩を寄せ合っていた。

みんなは刀や刀子を文史郎に向けているものの、戦意を失っていた。

「この蔵屋敷の番頭《ばんがしら》は誰か？」

文史郎は侍や中間、荒くれ者たちを睨みながらいった。

「狼藉者《ろうぜきもの》だあ」「出合え出合え」

侍たちは口々に叫んだ。

廊下の奥から、どかどかと床を踏み鳴らして、恰幅《かつぷく》のいい中年の侍が現れた。三人の供侍たちを従えている。

供侍たちの後ろにも、黒い人影が立っていた。

恰幅のいい侍が土間にいる侍たちを怒鳴り付けた。

「この騒ぎは何ごとだ！」

文史郎は恰幅のいい男に刀の切っ先を向けた。

「おぬしが、この蔵屋敷の番頭か？」

「な、なんだ、こやつは？」

恰幅のいい侍は一瞬たじろいだ。

「蔵頭《くらがしら》、こやつらは屋敷に押し入った狼藉者にござる」

侍の一人が刀で文史郎を指した。

「なに狼藉者？　なぜ、追い払わぬ」

「それが、こやつ、強うござって」

侍はぜいぜいと息を切らしていた。

「揃いも揃って、おまえたちは情けない」

蔵頭は傍にいた供侍たちに顎をしゃくった。

供侍たちは素早く刀の下緒《さげお》で襷をかけた。

三人の供侍は黙って式台から土間に下り、刀の柄に手をかけた。

供侍たちの軀から一斉に激しい殺気が放たれた。

いずれも腕が立つ侍たちと見える。

どやどやっと遅れ馳せながら、大門や小島たちが駆け付けた。

蔵頭は怪訝な顔をした。

「なんだ？　こやつらも狼藉者か？」

「さようでござる。いずれも、存外に強くて追い返すことができず、ついつい押し入られました……」

土間に座り込んだ侍が蔵頭に訴えた。

「そこもとたち、ここを誰の蔵屋敷と思うておるのだ？　この葵の御紋が目に入らぬか」

蔵頭は玄関先に下げられた提灯を指し、胸を張った。

蔵頭は薄ら笑いを浮かべ、嘯《うそぶ》いた。

「畏れ多くも、将軍家御家門、讃岐高松藩《さぬきたかまつはん》松平家の蔵屋敷だ。わしは、この蔵屋敷を預かる蔵頭笹沼主水《ささぬまもんど》だ。控えおろう」

文史郎は頭を振って笑った。

「なにが控えおろうだ。虎の威を借る狐めが。将軍家御家門を名乗り、葵の御紋を汚す不埒者め。ことと次第によっては、お上《かみ》に代わって成敗いたすぞ」

笹沼はたじろいだ。

「おぬしら、いったい、なにやつだ」

文史郎は大声で名乗った。

「拙者は、剣客相談人大館文史郎」

髯の大門の大音声《だいおんじょう》が続いた。

「右に同じく剣客相談人大門甚兵衛」

「南町奉行所定廻り同心小島啓伍」

小島も堂々と名乗った。

蔵頭は顔をしかめた。

「剣客相談人だと？　どうせ、食い詰めた浪人であろう。それにしても、同心の小島とやら、町方の木端《こっぱ》役人の分際で、よくぞ恐れもなくわが蔵屋敷に踏み込んだな。この始末、どうつけてくれる？」

立ちはだかった供侍たちも、にやにやと笑っている。

小島が文史郎を差し、大声でいった。

「笹沼、控えおろう。こちらにおられる御方は大館文史郎を名乗っておられるが、改めての名。こちらは正真正銘、御家門の信州松平家のご子息松平文史郎様だ」

「な、なにい、信州松平家の……」

供侍たちは騒《ざわ》めいた。小島は続けた。

「文史郎様は元那須川藩主のお殿様であられ、兄上様は大目付《おおめつけ》松平義睦《よしのぶ》様であるぞ」

「小島、もういい。それ以上はいうな。こやつらにいっては名が汚がれる」

文史郎は小島を制した。

「はっ、殿」

「な、なに、大目付の弟だというのか?」

笹沼はやや狼狽《うろた》えたが、虚勢を張った。

「……嘘を申せ。ただの素浪人め」

家来たちは騒めいた。

文史郎はいった。

「嘘だと思ったら、大目付に問い合せればよかろう。笹沼主水、ことを大きくしたくなければ、こちらに監禁されている女子《おなご》たちをいま直ぐ、それがしたちに引き渡せ。そうすれば内密にことを収めてもいい」

「な、何をいう。そのような女子たちなど知らぬ」

「人攫いめ、この期《ご》に及んでもしらを切るか」

「な、なにをいうか。人攫い呼ばわりするとは無礼な」

蔵頭の顔が、表の篝火に映えて悪鬼のように真っ赤になった。

文史郎は平然と言い放った。

「人攫いを人攫いといってなぜ悪い」

「おのれ、おのれ、いわせておけば図に乗って。どこに証拠がある？」

「すでに、わが手の者が、この屋敷に忍び込み、蔵に女子たちを閉じこめておるのを確かめてある」

「な、なんだと」

「忠助」

文史郎は忠助親分に顎をしゃくった。

「へい」

忠助親分は暗闇に向かって大声で叫んだ。

「又吉、出て来い」

「へい、親分、ただいま」

背後の暗がりに、小さな黒い影が飛び降りた。

又吉は手で軀についた蜘蛛の巣の糸を払い落とした。

「後ろの蔵の中に、女の子たちが閉じこめられておりやす。この目で確かめやした」

蔵頭は周囲の家来たちに怒鳴った。

「こやつらを討ち取れ」

家来たちが、一斉に動き、文史郎たちを取り囲んだ。

「門に閂《かんぬき》をかけろ。こやつらを屋敷から出すな。斬り捨てるんだ」

いきなり、何かが文史郎をめがけ、宙を飛んだ。

文史郎は刀で切り落とした。短剣が土間に転がった。

ついで、もう一つ。

「殿、危ない」

大門がすかさず文史郎の前に出て、心張り棒で短剣を叩き落とした。

「そこだ!」

文史郎は小柄《こづか》を抜き、蔵頭の背後にいる人影に投げ付けた。

人影が悲鳴を上げた。三本目の短剣が式台に落ちた。

目のあたりを抑えた男がたたらを踏んで式台に出て来た。男の目には小柄が刺さっていた。

末松が十手で男を指した。

「親分、この野郎は、あの曲芸小屋の……」

最後まで言い終わらぬうちに、三人の供侍が文史郎と大門に斬りかかった。

ほかの家来たちも、それを合図にしたかのように、一斉に小島や忠助親分、末松や下っ引きたちに斬り込んだ。

文史郎は正面から斬りかかった供侍の刀を刀で打ち上げ、胴を抜いた。

大門も供侍の一人を心張り棒で叩きのめした。

文史郎は右手から斬りかかった供侍を上段から斬り倒した。

大門は棒をぶんぶんと唸らせ、矢車のように振り回して、当たるを幸い家来たちを薙ぎ倒した。

文史郎は式台に飛び上がり、刀を蔵頭の笹沼に向けながら怒鳴った。

「小島、蔵の子たちを頼む。ここは拙者たちが引き受けた」

「はっ、お任せを。又吉、案内せい。親分、行くぞ」

小島は忠助親分や末松たちを率いて暗がりに走り出した。

末松たちは喊声《かんせい》を上げ、暗がりに突進して行った。

文史郎は刀を笹沼に突き付けた。

「笹沼、とうとう馬脚《ばきゃく》を現したな。大人しく子供たちを引き渡していれば、許してやったものを、こうなったら、天に代わって成敗いたす。覚悟しろ」

蔵頭の笹沼はたじろぎ、後退しながらいった。

「な、並蔵、なんとかせい」

「蔵頭、お任せを」

低い声で返事があり、背後に控えていた五、六人の男たちが笹沼の前にのっそり出て来た。いずれも黒覆面に黒装束姿だった。

「やっと黒蜘蛛一味め、正体を現したか。黒蜘蛛の並蔵、おまえが見世物小屋の番頭治兵衛なのは分かっておるぞ」

文史郎は頭《かしら》らしい黒装束の小柄な男に刀を突き付けていった。

「ち、正体がばれちまっては、仕方がねえや」

黒装束は覆面を脱いだ。愛敬のあるたぬき顔が現れた。

「なんでえなんでえ、どうして、ばれちまったんかね」

「愚か者め、あてずっぽうに、鎌を掛けただけだ。おぬし、自分で白状したな」

「あてずっぽうだったとは、恐れ入ったぜ。野郎ども、やっちまえ」

並蔵は周りの黒装束たちに命じた。

黒装束たちは、さっと周囲に散り、文史郎と大門を囲んだ。

黒装束たちは腰の刀を抜いた。いずれも黒塗りの刃だった。

文史郎は大門と背中合わせになり、周囲の黒装束たちを警戒した。

「大門、用心しろ。こやつら、曲芸師だ。怪しい術を遣うぞ」

「合点、承知」

大門がうなずいた。

文史郎の正面にいた黒装束の軀が宙に飛んだ。くるりと宙返りしながら、文史郎に刀を振り下ろした。黒塗りの刀が文史郎の頰をかすって落ちた。

黒塗りの刃は、暗がりでは見えない。

文史郎は一瞬早く大門を突き飛ばして避けさせ、前に足を踏み出した。刀を上に払い、襲ってきた黒塗りの刃を跳ね返した。

間髪を入れず、左から別の黒装束が文史郎に刃を向けて突きかかった。

文史郎は軀をくるりと回転させて躱し、男の胴を斬り払った。男は敏捷に飛び退き、文史郎の刀を躱した。

並蔵の手が素早く動くのを見逃さなかった。

文史郎は咄嗟《とっさ》に刀を立てて飛んでくる物を避けた。飛翔して来た物がことりと音を立てて落ちた。手裏剣だった。

黒装束の一人が文史郎の前に立ち、覆面を降ろした。

いきなり、黒装束の口から激しい炎が吹き出し、文史郎の顔を襲った。

文史郎は袖で顔を覆った。

袖に火が付き、めらめらと燃え上がった。文史郎の髪がちりちりと焦げた。

すかさず右手から黒装束が斬りかかった。

大門がくるりと軀を回し、文史郎の前に躍り出て、右手からの黒装束を叩きのめした。

文史郎は袖の炎を叩き消した。

おのれ、火吹き男め！

文史郎は逃げずに火吹き男に突進した。飛び込みながら刀で火吹き男の喉を斬り払った。

火吹き男は喉を抑えて倒れた。ぼっと炎が男の黒装束に付いた。

たちまち火吹き男は炎に包まれ、火だるまになってのたうち回りだし、式台を明るく照らし出した。

「野郎、やりやがったな」

並蔵の手が何度も動いた。

黒い手裏剣が空を切って飛んだ。文史郎は刀で右へ左に手裏剣を叩き落とした。

文史郎は手裏剣を打ち払いながら、並蔵に突進した。

並蔵は脇差しを抜いて、飛びすさった。文史郎に左手から槍が突き出された。

文史郎は思わず、身を引いた。その間に並蔵は逃れて体勢を立て直した。

気合いもろとも、供侍の一人が槍を突き入れて来る。

文史郎は瞬間、突き出された槍の穂先を叩き切った。

供侍は切られた槍を文史郎に投げ付けた。文史郎は刀で跳ね上げて避けた。

供侍は腰の刀を抜き、笹沼主水の前に立った。さらに、新手《あらて》の供侍三、四人が笹沼の周りを固めた。

「頭《かしら》、逃げてください」

供侍たちは叫んだ。

「拙者は怒った。もはや容赦はせん」

文史郎は刀を八相《はっそう》に構えた。

左右と後ろから、三人の黒装束がとんぼ返りをしながら、文史郎に襲いかかった。

文史郎は身を躱し、左右の黒装束を斬り払った。

後ろを振り返った。大門が、後ろから飛びかかろうとした黒装束を棒で撲り飛ばしていた。

黒装束たちは式台に転がった。

「おのれ、よくも子分たちを」

並蔵は怒鳴り、自らも刀を振りかざし、文史郎に飛び込んで来た。

文史郎は袈裟懸けに並蔵を斬り下ろした。

並蔵はうっと呻いた。だが、黒塗りの刀を振るい、なおも文史郎を斬ろうとした。

文史郎の刀が並蔵の胴を薙ぎ払った。

並蔵はどうっと式台の床に崩れ落ちた。

火吹き男の炎が襖につき、どっと燃え上がった。

たちまち炎は襖や板壁に燃え移った。

供侍の一人が叫んだ。

「蔵頭、最早これまで、桟橋の舟で逃げてください。ここはわれらが食い止めます る」

「杉山《すぎやま》、頼むぞ」

「お任せを」

杉山と呼ばれた供侍がうなずいた。

「さ、頭、こちらへ」

ほかの供侍たちが笹沼を囲むようにして、奥に逃げようとした。

「待て、逃がさぬぞ」

文史郎は追いかけようとした。

杉山が行く手に立ち塞がった。杉山は八相から青眼《せいがん》に構えを変えた。

「剣客相談人、拙者がお相手いたす」

文史郎は後ろに叫んだ。

「大門、桟橋に回れ。頭《かしら》を逃がすな」

「おう」

大門がぶるんぶるんと棒を振り回し、中間小者たちを追い立てながら、玄関から出て行った。

杉山は青眼に構えた。

出来る、と文史郎は思った。

供侍たちの中で、最後まで刀を抜かずに、文史郎の剣を見ていた男だ。

「拙者、供侍頭杉山哲之臣《てつのしん》。お相手いたす」

青眼の構えに、微塵も隙はなかった。文史郎は緊張した。

「それほどの腕を持ちながら、なぜ、笹沼の悪業を手助けいたす」

「蔵頭は蔵頭でござる。たとえ、どのようなことがあっても、当藩の上司をお守りするのが供侍頭の務め」

「惜しいのう」

「説教無用。それよりも剣客相談人、おぬしの剣、心形刀流《しんぎょうとうりゅう》と見たが、どうだ？」

「よくぞ見極めた。おぬしの流派は？」

「小野派一刀流《おのはいっとうりゅう》でござる」

「もう一度、いう。刀を引かぬか。斬るには惜しい」

「問答無用」

杉山は、一挙に足を進め、間合いを詰めた。一瞬にして斬り間に入り、中段の突きを入れた。

文史郎は刀で払い、上段から切り落とす。

杉山は刀で文史郎の刀を受け、鍔競《つばぜり》合いになった。刃と刃が削り合った。

押し合いながら、二人は玄関を出た。足許で砂利音がする。

鍔競合いをする中、いきなり杉山の足が文史郎の足を払った。文史郎はその足払いの痛みに耐え、思い切り刀を押した。

杉山は体《たい》を崩して飛び下がった。

文史郎は杉山の体が揺らぎ、隙ができるのを見逃さなかった。刀を相手の胸に突き入れた。切っ先が杉山の胸をわずかに刺した。杉山はさらに下がり、文史郎の突きを躱した。

文史郎は逃さず杉山の懐に飛び込んだ。同時に中段から胴を払った。杉山は避けきれず、軀をくの字に折った。

文史郎はすかさず上段から杉山に刀を振り下ろした。真っ向袈裟懸けに刀が杉山を切り裂いた。

杉山はその場に崩れ落ちた。

文史郎は残心に入った。

炎は燃え盛り、屋敷の天井にまで移っている。きな臭い煙があたりに漂いはじめていた。

殺気が背後から文史郎に襲いかかった。

文史郎ははっとして、振り向いた。

通用門の前に、一人の人影があった。めらめらと燃える炎に照らされ、浪人者の骸骨のような顔が浮かんだ。口許に酷薄な笑みを浮かべている。

浪人者は懐紙で刀の血を拭って、足許の人影の上に捨てた。

浪人者の足許には鉄砲を手にした足軽たちが何人も転がっていた。

助太刀してくれたというのか。

「おぬし……」

文史郎が声をかけようとする間も与えず、浪人者はくるりと背を向け、通用口から外に姿を消した。

「殿、女子たちを助け出しましたぞ」

蔵の方角から、小島の声がした。

暗がりをついて、忠助親分や末松たちが、どっと駆け出して来る。

みんな、それぞれ、子供たちを背負ったり、抱えていた。

「お殿様あ」

「お殿様だあ」

お光やおさきたちの顔が見えた。

小島はお光を背負っている。

「娘たち十人、全員助け出しました」

「おう、無事だったか。よおし。小島、子供たちを屋敷の外に連れ出せ」

「承知」

小島は忠助親分たちといっしょに通用口から外に出て行った。

表の庭の方で怒声が起こった。

「大門！　いま行くぞ」

文史郎は刀を振り、血を拭いながら、表の庭へと突進した。

大川に面した屋敷の敷地には、菰に包まれた荷が山と積まれていた。

どこかで半鐘を激しく鳴らす音が聞こえた。

炎はいつしか、屋敷の母屋《おもや》全体に燃えひろがり、煙を噴き上げていた。

桟橋のところで、立ち回りが行なわれているのが見えた。大門が七、八人の人影を相手に奮戦している。

「大門、助太刀に参ったぞ」

文史郎は叫びながら、立ち回りの輪に飛び込んだ。

「殿、子供たちは？」

「無事救出したぞ」

文史郎は大声でいいながら、刀で左右の供侍たちを斬り捨てた。

大門も棒で前後の供侍たちを叩きのめした。
残る供侍たちは、二人になっていた。
笹沼主水が乗った猪牙舟《ちょきぶね》が桟橋を離れるところだった。
船頭が必死に櫓を漕いでいる。舟には、供侍と笹沼の姿があった。
「おのれ、逃げるか」
文史郎は怒鳴った。
周囲の舟を探したが、ほかにはない。追う方法はなかった。
舟は大川の暗がりに消えるように姿を消した。
「殿、大丈夫でござるか」
大門が心配そうに文史郎を見た。
気が付くと、小袖の袖や襟のあたりは焦げ跡がついていた。髪の毛はちりちりにな
り、顔は煤《すす》だらけになっている。
文史郎は懐紙で刀を拭いながら、炎に包まれた蔵屋敷に目をやった。
いまは、屋敷は激しく燃え上がっている。
ようやく駆け付けた火消したちも、手のほどこしようもなく、呆然と眺めている。
どこかで、文史郎を呼ぶ子供たちの声がきこえた。

「大門、引き揚げだ!」

文史郎は大門に声をかけ、通用門のある裏庭の方に歩き出した。

大門が棒を両肩に載せ、文史郎に続いた。

四

長屋はまだ暗い夜だというのに、大騒ぎになっていた。提灯や行灯《あんどん》の明かりが灯され、いつになく長屋は明るく照らされていた。

おかみたちは、帰って来たお光たち娘を抱いて大泣きしていた。

いっしょに救い出された女の子たちは、大家の安兵衛の家に引き取られ、おかみたちに面倒を見てもらっていた。

「お殿様、ありがとうございました。娘を助け出していただき、ほんとうにありがたいと思っております」

長屋の亭主やおかみたちは、文史郎や大門に何度もお礼をいった。

「殿、大門殿も、まあまあ、ひどいお姿をなさって」

左衛門は急いで竈《かまど》で湯を沸かした。

文史郎と大門はひとまず、湯を使って、軀の汚れを拭い落とした。

文史郎は着物を着替えると生き返った気分になった。

「殿、腹が減りましたなあ」

大門が大声でいった。文史郎も思えば腹が減っているのに気付いた。

「拙者たちよりも、忠助親分たちがもっと腹を空かせているのではないか」

忠助親分たちは、夜中動き回り、何も食べていない。

「そうなんです。忠助親分たちが一番ひもじい思いをしてますんで。左衛門殿、なんか食い物はありませんか？」

小島がいった。

忠助親分は頭を掻いた。

「へい。確かに腹が減りやした。夕べから何も食っていねえんで。明け方近いんで、もう夜鳴き蕎麦はやってねえし」

左衛門は台所をうろうろしていた。

「爺、飯を炊いてくれんか。こやつらのために」

「弱りました。殿、米櫃《こめびつ》がからっぽでして」

左衛門は米櫃の蓋を開けて見せた。

壁越しにお福の声がきこえた。

「きましたよ。ご飯炊きますよ。待っていてくださいな」

「お福さん、ありがとう。よろしく頼む」

文史郎は大声で礼をいった。

忠助親分も詰めかけた末松をはじめとする下っ引きたちもほっとした顔になった。

大門が空腹紛れにいった。

「しかし、殿、娘たちの方は、一件落着したので、今後は姫君捜しに本腰を入れることができそうですな」

「そうだな。で、爺、その後、何か分かったかな?」

「昨日の今日ですからな。まだ、何も。明日、玉吉が報告に来るはずなので、それ待ちですな」

左衛門が頭を振った。

小島が呆れた顔でいった。

「なに、お殿様、娘たちを救い出したと思ったら、今度は姫君捜しをするのですか?」

「さよう。相談人は忙しいのだ」

「どのような相談なのです？　お手伝いできることがあるかもしれません」

「そうだのう。爺、掻《か》い摘《つま》んで話をしてやってくれぬか」

「はい。殿」

左衛門は小島や忠助親分に、内密に調べてほしいと断り、ことの次第を話し出した。

文史郎は、その間に大門に、蔵屋敷の立ち回りの際、最後の最後、浪人者に助けられた話をした。

「なに、また、その浪人者が現れて鉄砲隊を斬り伏せ、殿をお助けしたというのですか？　それは奇特な男ですなあ」

「そうなのだ。もし、あやつが斬ってくれていなかったら、それがしは、おそらく鉄砲で蜂の巣になっておっただろう」

「その浪人者は命の恩人というわけですか」

「しかし、余を助けたのは、あくまで余の首にかかった賞金がほしいからだけらしい。余が他の者の手にかかって死ぬと、その浪人者には賞金が手に入らない。それで助けてくれるらしいのだ」

「ありがたいような迷惑のようだな。ともあれ、二百両ほしさに殿を助けるのですな」

大門は顎鬚を撫でた。

「うむ。それで、大門、ちとおぬしに頼みがある」

「なんでしょう?」

「余は綾姫捜しに専念するので、悪いが、おぬしは玉吉といっしょに例の久蔵という大男にあたり、誰が余の首に懸賞金をかけているのか、を聞き出してくれぬか?」

「承知しました。玉吉が調べているとすれば、久蔵の居場所はすぐ分かるでしょう。明日にでも、出掛けてあたってみます」

「悪いが、頼む。余がうろつけば、きっと久蔵は警戒して、姿を隠すかもしれないのでな」

「……というわけだ。よろしく頼むぞ」

左衛門も小島や忠助親分に話を終えた様子だった。

小島がうなずいた。

「分かりました。町方が武家屋敷町に立ち入り、調べることはできませんが、町屋の町内でしたなら、町方は、いくらでも調べることができますんで、調べてみましょう。親分もいいな」

「へい。旦那。あっしらは、指図さえしていただければ、いくらでも調べ上げて報告しますんで」

忠助親分は愛想笑いをした。

外に人の気配がした。

「お待ちどうさん、さあさ、握り飯ですよ」

隣のお福やお米が、さっそくにご飯を炊き上げ、大きな握り飯を山盛りにした笊《ざる》を運んで来た。

たくわんや梅干しが添えてある。

「腹減った。旨そう」

「ごちになりやす」

「いただきやす」

忠助親分をはじめ、末松たち下っ引きが、一斉に手を伸ばし、塩をまぶした握り飯を摑んだ。

お福は文史郎と大門、小島のところにも、お握りの盆を持って来た。

「さあさ、お殿様たちも、どうぞ」

「かたじけない」

大門がさっそくに握り飯を摑み、ぱくつきはじめた。小島は遠慮がちに手を延ばす。

文史郎も握り飯を摑み、口に運びながら、思案にくれた。

いったい、誰が、自分の命を狙っているのだろうか？

もし、相手が分かったら、どうしてくれようか？

頬張った握り飯は、ほんのりと塩味が口に広がり、白米の甘さとあいまって、旨味となっていた。

旨い。

しかし、考えれば考えるほど、腹が立つ。見えぬ敵に苛立ちを覚えた。

五

翌日、文史郎が左衛門に叩き起こされたのは、午後のことだった。

長屋は、いつもの平穏さを取り戻していた。

壁越しに赤子の泣き声がきこえるし、昼間から夫婦喧嘩の声もきこえる。

左衛門が文史郎を急かした。

「殿、昼の明るいうちに、お絹という奥女中の家を訪ねましょう。何か分かるかもしれません」

「お絹の実家が分かったのか？」

「はい。日本橋の小泉屋《こいずみや》から、礼儀作法を習うために、江戸屋敷の奥に上がったそうなのです」

早速に朝食兼用の昼食をお腹に納め、文史郎は左衛門と連れ立って、日本橋の商店街に出掛けた。

お絹の実家小泉屋は、越後屋など大手の商家が並ぶ商店街の一角に店を開いていた。間口《まぐち》二十間はある大店だった。

通りから見ると小泉屋には、ひっきりなしに武家の用人や奥女中、女中を連れた商家の娘や母親が出入りしており、越後屋に引けを取らず繁盛している様子だった。

文史郎は左衛門を従えて店先に入った。

店内の板の間の、あちらこちらで、反物《たんもの》を拡げながら、奥女中や商家の母娘が番頭、手代を相手に商談をしている。

左衛門が、出て来た番頭に掛け合い、綾姫とともに出奔したお絹の話を訊きたいので、店の主人に面会したい、と申し入れた。

番頭は、内所《ないしょ》にいた大番頭と話をし、店の奥へと消えた。

内所から大番頭が顔を出して、丁寧に挨拶をした。

「これはこれは、剣客相談人様、ようこそ、御出でくださいました」

「突然に参って済まぬな」

「いえ、どういたしまして。いま旦那様と奥様を呼びに小番頭を行かせました。奥様が寝込んでおりますので、旦那様がお会いするかと思います」

そうこうしているうちに、奥から小太りの初老の男が小番頭を連れて姿を現した。

店の主人は文史郎に頭を下げた。

「店の主人の充太郎《じゅうたろう》にございます」

左衛門が文史郎の身分を明かした。

「それはそれは、お殿様。どうぞ、お上がりになってくださいませ。店先でお話しするのは、なんですので」

「さようか。では、御免」

文史郎は左衛門とともに、主人の案内で店の奥の座敷へと通された。

「これまで、安房東条藩のお目付役様とか、御家老様とか、さまざまな御方がお訪ねになられて、娘お絹の所在をさんざん問い詰められ、とうとう家内のおくには、心労で寝込んでしまいました」

主人の充太郎は浮かぬ顔でいった。

「さようか。それはお気の毒にのう。ところで、ほんとうにお絹の所在について、おぬしたちは知らぬのか？」

「はい。どこに消えたのか、私どもも心配で心配で夜も眠れぬのでございます」

「お絹が訪ねそうな親戚とか知り合いとかは、おらぬのか？」

「はい。同じことを、安房東条藩のお目付様や御家老様などからきかれました。ですが、私の兄弟は弟一人だけ。それも上方《かみがた》におります。家内の姉妹兄弟は、姉や兄弟がおりますが、いずれも雪深い越後《えちご》におりまして、この十年、行き来がありません。まさか、そんな遠国にまで親戚を頼って、お姫さまをお連れするとは、思いませんし、途中、手配が回っているそうですから、関所で留められることでしょう。ともあれ、そうした親類には、行かないだろう、と思っております」

「さようか」

文史郎は主人の充太郎の様子を窺った。

充太郎は真面目そうな人物で、まんざら嘘をついているようには見えなかった。

「お絹殿のご兄弟姉妹はおられるのか？」

左衛門が文史郎に代わって尋ねた。

「長男の弟が一人おります」

「お名前は？」

「謙太郎《けんたろう》と申します」

「おいくつかな？」

「まだ十六歳でございます」

「いまどこに？」

「はい。越後屋で丁稚《でっち》として奉公しております」

「ほう。丁稚奉公させておるのか。驚いたな。しかも、競争相手の呉服屋でのう」

「若いうちは他人の家で飯を食わせてもらう。それが代々小泉屋のしきたりでございまして。若いうちに余所《よそ》様の風を受けさせ苦労させれば、きっと大人になったときに役に立つだろうと」

「感心なお心構えだのう」

文史郎は感心した。

「お絹は安房東条藩の江戸屋敷に上がって、何年になるのか？」

「まだ一年にございます」

「どういういきさつで東条藩の江戸屋敷に上がることになったのだ？」

「どういういきさつか、と申されますと？」

「誰の斡旋で東条藩江戸屋敷へ奉公に上がったのかな？」

「そういうことですか。はい。口入れ屋の周旋にございます」

「口入れ屋は、どこの誰かな？」

「本所《ほんじょ》の扇屋京兵衛《おうぎやきょうべえ》さんでございます」

「どういう口利きでかな？」

「私ども夫婦が、娘のお絹の嫁入り前に、礼儀作法を習わせたいと、常々、いろんな方にお話ししていたら、越後屋さんの紹介で、扇屋京兵衛さんに相談したのです。そうしたら、いいところがある。安房東条藩の奥女中の奉公があるが、いかがですか、となり、二つ返事でお願いしたのでした」

「そういうことでしたか」

　文史郎はうなずいた。

「ところで、店主、ちとお絹殿の部屋を見せてくれぬか？」

「はあ」

　主人は困った顔をした。

「特別に娘の部屋というものはありません。母親のおくにの部屋と同居しておりまして、いまはおくにが、そこで伏せっております」

「さようか。では、おくに殿にお見舞いしたいのだが、一目だけでも会わせてくれまいか」

「分かりました。家内に申し伝えましょう。ちらかっておりますから、女中に片付けさせますので、少々お待ちください」

主人の充太郎は文史郎たちに頭を下げ、そそくさと部屋を出て行った。

「殿、母親のおくにに会って、いかがいたしますのか？　病人に会うのも気の毒のような気がするのですが」

「まあいい。母親に一目でも会えば、お絹がどのような容貌をしているのか、おおよそ見当がつこうというものだ」

「そうでござるか？」

左衛門は不審気な面持ちで文史郎を見た。

廊下に人の歩く気配がして、女中を連れた主人が戻った。

「では、ご案内させます」

充太郎は物腰柔らかくいい、先に立って歩き出した。

文史郎と左衛門が続き、最後から女中がついて来る。

廊下の奥に離れがあった。

小さな裏庭に面した離れで、日本橋にありながら、表の喧騒は離れまではきこえなかった。

離れは六畳間で、そこに敷かれた蒲団におくには横たわっていた。

おくには寝巻姿で、蒲団の上に座っていた。

「ようこそ、御出でいただきました。こんなみっともない姿をさらすのはお恥ずかしいかぎりにございます」

おくには深々と頭を下げた。

文史郎は部屋に入り、出入り口近くに正座した。

美形だと、文史郎は思った。

やつれているせいか、瓜実顔に憂いがあり、ほつれ毛が艶っぽい。目を伏せた面持ちは浮世絵の美人画にありそうな女人だった。

どことなく哀しげに見えるのは、娘のお絹の行方を案じているからだろう。

「無理をいってあいすまぬ。一つだけ、お尋ねしたいことがありましてな」

「なんでございましょうか？」

「お絹には、許婚《いいなずけ》はおるのか？」

「許婚ですか」

おくにの顔が曇った。主人の充太郎が急いで否定した。

「滅相もない。うちの娘は奥手でして、わたしたちが認める許婚なんかはおりませなんだ」

「おぬしたち親が認めないとして、幼なじみとか、恋心を抱いた相手がおったということはないのか？」

「相談人様、それが、今度の姫君の出奔に、何か関係があるとおっしゃるのですか？」

充太郎は目を怒らせていた。

「いや、関係があるかどうか、それは分からぬが、なんとなく、お尋ねしたかったことなのだ」

「あなた。隠しておいても、いけませぬ」

おくにが口を開いた。

主人の充太郎は戸惑った。

「しかし、おくに……」

「実は、お絹を奉公に上げたのも、恋心を抱く相手と引き離すためでございました。娘を奉公に出せば、きっとあきらめてくれるだろうと思いまして」

「その相手というのは？」

「裏の長屋に住んでいた、幼なじみの隆次《りゅうじ》という簪《かんざし》職人の子でして。お絹とは一つ違いでした」

「いまも、その隆次は長屋に住んでいるのかね」

「いえ。それが……」

おくにが悲しそうに下を向いた。

主人の充太郎がいった。

「私が隆次を叱ったのです。いつまでもお絹を忘れられないようでしたので。そうしたら、娘が奉公に出てまもなく、長屋から姿を消したのです」

「家出をしたのか？」

「そうなりますな」

「親御さんは？」

「隆次がいなくなってまもなく、両親とも長屋を出て行きました」

「どこへ？」

「ご近所の人には、生れ故郷の浪速《なにわ》に戻るといっていたということです」

「その隆次のその後の消息は？」

「……あなた」

おくにはためらうような口振りで主人に話しかけた。

「風の便りに、やくざ者に身を落としたときいています」

文史郎は左衛門と顔を見合わせた。

どうやら、隆次と小泉屋の間には、深い確執があるように見えた。

「相談人様、その隆次と、姫君の出奔には何か関係があるとお思いですか？」

「さあ、分からぬ。なんとも判断できぬな」

「その話は、はじめて申し上げるのです。これまで東条藩の方々にもお話ししてありません。きかれなかったものですから」

「分かりました。たぶん、何も関係はないでしょう」

文史郎はとりあえず、そういった。

どう考えても、隆次の話と綾姫の出奔が結びつかなかったからだ。

左衛門も首を捻っていた。

六

「殿、いかが、思われました？」

左衛門は歩きながら、文史郎に尋ねた。

「ふうむ」

文史郎は腕組をし、通りを行き交う人たちを眺めた。

「何か、気掛かりなことでもありましたか？」

「うむ。可愛い娘を奉公に出した理由が、恋仲の男との仲を裂くためだとしたら、娘は家には戻らぬだろうな、と思った」

「なるほど、そういうことでしたか。では、お絹は綾姫とどこに忍んでいるのですかのう」

「今度は綾姫の周辺について、調べねばならぬな」

「はい。一応、御家老から聞き出してはありますが」

「綾姫が婿養子を嫌う理由は何かだ」

「そうでございますな。それについて、御家老は分からぬと洩らしておりました」

「気になるのは、同じ時期に消えた二人の男だ。なんと申す者たちだった？」

「綾姫の護衛役を務めていた小姓組の前田軍蔵、それと姫君に乗馬を指南していた馬廻り組の服取慎造の二人です。ふたりとも十八歳、しかも兄弟のように親しい間柄ときいています」

「問題は、その二人が綾姫たちといっしょなのかどうかだ。いっしょだとすれば、また問題が出るし、別々だとしたら、何か理由があってのことか、と思う」

文史郎は考え込みながら、安兵衛店の路地の前を通り過ぎたのに気付かなかった。

「殿、長屋ですぞ」

「お、そうだな」

二人は思いなおし、裏店の木戸を潜った。

「あ、お殿様、お帰りなさいませ」

「昨夜は、うちの子を助けていただき、ありがとうございました」

お光の母親が深々と頭を下げた。

「おう。よかったのう。無事に帰って」

文史郎と左衛門はおかみたちに笑いを振り撒きながら、長屋の戸を開けた。

「お帰りなさいませ」

玉吉が上がり框に座っていた。

大門も浮かぬ顔で胡坐をかいていた。

「殿、お帰りなさい。玉吉の聞き込みで、久蔵の居場所が分かりましたぞ」

大門は早速にいった。

「そうか。それで、久蔵を捕まえて、聞き出したか？」

「それが、一足遅かったのです」

「なに？　どういうことだ？」

「浅草寺の裏手の貧乏長屋に久蔵は住んでいたのですが、玉吉といっしょに訪ねたら、ちょうど葬儀の真っ最中だったのです」

「葬儀だと？　誰の？」

「久蔵のですよ」

「久蔵はそれがしに腕を折られたものの、ぴんぴんしておったではないか」

「昨夜、久蔵は誰かに襲われて、斬殺されたのです」

「どこで？」

「賭場の帰り道で辻斬りに待ち伏せされたらしく、ばっさりと一太刀で」

「遺体を見たのか？」

「はい。棺桶の蓋を開けさせ、本人であることを確認しました。そのとき、肩から胸にかけて一太刀でばっさりと斬られた刀傷を見ました。かなりの腕の者と見られました。おそらく即死でござったろう」

「死人に口なしか」

「さようで」

文史郎は左衛門と顔を見合わせた。

「誰が、そのようなことをしたのかのう？」

「それもそうですが、玉吉が我々のことで、妙な手配書が出ていることを聞き付けました。玉吉、お話ししろ」

大門は浮かぬ顔で玉吉にいった。

「へい。お殿様、怒らないでくださいよ。左衛門様も」

「なんだ、どういうことだ？」

「お殿様の首には、千両の懸賞金がかかっているそうですぜ」

「なに、千両だと？」

文史郎は思わず首を撫でた。

「殿は千両首ですか」

左衛門がじろりと文史郎を見た。

「爺、妙な気を起こすなよ」

「殿が、爺をないがしろにするようでしたら、分かりませぬぞ」

「おい、そう脅かすな。爺に寝首をかかれるのは想像したくない」

大門が冷ややかにいった。

「そういう爺様の首にも、百両がかけられているそうだ」

左衛門は驚いた。

「玉吉、それがしの首にも懸賞がかかったというのか？　大門殿は？」

「驚くことはない。拙者の首にも二百両がかけられているそうだ」

文史郎は驚いた。

「なんだと。剣客相談人全員の首に懸賞金がかかったというのか？」

「へい。剣客相談人は誰の首にも懸賞金がかけられたようです」

「まさか、弥生の首にも懸賞金がかかったのではあるまいな？」

「弥生様のことは、まだきいていません」

玉吉はいった。

「それはよかった。しかし、……」

文史郎は訝った。

「いったい、誰が、そんな大金を我々の首にかけているのだ？」

「あっしに心当たりがあります」

「どんな？」

「闇の差配人がおりやす。そいつらの仕業ではないかと」

「その闇の差配人というのは？」

「悪業の方の口入れ屋でして。江戸の裏社会にいて、悪いことをする連中の手助けをしているんでやす」

「誰がいる？　名前は分かるか？」

「噂ですが、扇屋というのが、その闇の差配人だと」

「扇屋だと？」

文史郎は左衛門と顔を見合わせた。

「もしや、小泉屋できいた口入れ屋のことではないか？」

「殿、きっとそうですよ。扇屋京兵衛、たしか、そう申してましたな。お絹を東条藩に奉公させた口入れ屋」

「……扇屋京兵衛ですかい？　もしかして、そいつかもしれません。あっしが調べてみましょう」

「うむ。頼む。そうすれば、懸賞金をかけているやつをあぶりだせるかもしれぬ」

人が慌ただしく駆けて来る気配がした。

やがて、表の戸ががらりと開いた。

「殿、ああ、よかった。おられたのですね」

北村左仲が息急き切って部屋に走り込んだ。

北村は大瀧道場の高弟の一人だった。

「どうなさった、北村」

左衛門が尋ねた。大門がむっくりと起き上がった。

「まさか、弥生殿に何か起こったのではあるまいな」

「弥生様が、お殿様に至急来ていただきたいと」

「何ごとか？」

「ともあれ、すぐに御出でください。それがしにも、よく事情が分かりませぬゆえ」

北村はぜいぜいと息を切らせながらいった。

第四話　黄昏の決闘

一

文史郎は、左衛門を先頭に、大門、北村左仲とともに、おっとり刀で大瀧道場に駆け付けた。

さすがに左衛門は日ごろ鍛えているせいか、老体にもかかわらず、ますます元気で、走るのもまったく平気だった。

「おのおの方、いかがなさった？　いざ合戦となったら、重い鎧《よろい》を身につけ、全力疾走で戦場に駆け付け、さらに敵と斬り合いになるのでござるぞ。殿、大門殿、これしきのことで、へたるとは情けない。まして、最も若い北村が最後尾とは、いったい、何ごとでござるか」

左衛門は先頭に立ち、すぐに息が上がりそうになっている文史郎や大門、北村を終始叱咤激励した。

「合戦など、いまや遠い昔の話、爺、少し休もうぞ」

文史郎は肩で息をしながら不平をいった。

「殿に……賛成でござる。それがし……ちと疲れ申した」

大門が心張り棒を肩に担いで、よたよたと走る。

最後尾から、大小の刀を両肩に載せた北村がよろめきながら走って来る。

「……お待ちを。拙者、往復走りづめで……」

左衛門は腰の大小を押さえながら、身軽に走り回った。

「殿、道場は間もなくですぞ。もそっと、足腰を沈めて。それでは腰の刀が抜けますぞ」

「爺、なぜに、そんなに元気なのだ。年寄りなのに」

文史郎はぶつぶつ文句をいった。

「殿、刀を担いだ方が……」

大門がよろめきながらいった。

「……さようか」

文史郎は大門、北村の真似をし、腰の刀を鞘ごと抜いて肩に担いだ。いくぶん楽になる。

通りすがりの行商人や町家の母娘がおかしそうに文史郎たちを振り返って眺めた。

通りで遊んでいた子供たちが、文史郎や大門、北村について駆け、囃《はや》し立てた。

「おい、こら、餓鬼《がき》ども、遊びではないぞ。ついてくるな」

大門がわざと髯面を恐そうにしかめて、子供たちを威《おど》して追い払おうとした。

子供たちはかえって喜び、歓声を上げて、文史郎や大門、左衛門や北村の周りを駆け回り、競って走った。

文史郎たちは大勢の子供たちを引き連れ、道場の玄関先に駆け込んだ。

道場の看板と並んで麗々しく「剣客相談人詰め所」の看板も打ち付けられてあった。

道場では、いつものように門弟たちが稽古に励んでいた。

師範代の武田広之進や高弟が、門弟たちに稽古をつけていた。

一見、何も異常な様子はなかった。

文史郎は拍子抜けした。

大門はまとわりつく子供たちに両手を拡げていった。

「さあ、みんな、競走はここでお仕舞いだ。さ、お帰りお帰り」

大門は優しい顔になり、子供たちに手を振って別れた。

子供たちは、なんだ、もう終わりか、とつまらなそうだったが、元気に引き揚げて行った。

「殿が、ただいま到着なされました」

北村が大声で告げた。

武田や高弟たちが遠くから会釈した。

火急の変事はなさそうだった。

「御免」

文史郎は式台に上がった。大門と左衛門も続いた。

すぐに高弟の高井が式台に駆け付け、挨拶もそこそこにいった。

「お殿様、奥の客間で、お客様がお待ちしております」

「余にお客様だと？　誰だろう？」

文史郎は左衛門と顔を見合わせた。

「さあ」

高井の先導で、文史郎たちは道場の奥の廊下に足を進めた。

客間から女たちの楽しそうな話し声がした。

「…………？」

文史郎は首を傾げた。

左衛門も大門も無言だった。

高井が廊下に座って、座敷にいる弥生に文史郎たちの到着を告げた。

文史郎は客間に入って行った。

座敷には三人の娘が居並んで頭を下げ、やや下がったところに控えた若侍が平伏していた。

文史郎は上座に座った。両脇に左衛門と大門が侍《はべ》った。

娘たちの左端の下げ髪は弥生だった。

弥生は顔を上げ、笑いながら文史郎に挨拶した。

「お殿様、お待ちしておりました」

二人の島田髷の娘も、若侍も顔を伏せたままだった。

「お客というのは？」

「はい。こちらの綾姫様にございます」

「なに、綾姫様だと」

文史郎は驚いて、左衛門と顔を見合わせた。

「…………」

左衛門も大門も目をぱちくりさせている。

どうやって捜そうか、と思っていた綾姫が、姫の方からわざわざこちらに出向いて来たというのか？

真ん中の娘がおずおずと顔を擡《もた》げた。

「初めて御尊顔を拝させていただきます。私は、安房東条藩藩主本田正延の娘、綾にございます。どうぞ、よろしゅうお願いいたします」

綾姫が顔を上げ、大きな黒い瞳で文史郎を見つめた。

広い富士額。肌は抜けるように白い。目が澄んでいて、知的な輝きを帯びていた。

整った顔立ちには、凛とした気品があった。

文史郎は思わず綾姫に見入った。

「そなたが本田正延殿のご息女か。なんとお美しい姫君なことか」

「まあ、お戯れを……」

綾姫はぽっと頬を赤くした。

「そなたのお父上とは、城中のいろいろな評議の場にごいっしょさせていただいた。意見が違い、しばしば激しく論争したが、なかなか譲らず、ひどく頑固《がんこ》な御方だったな」

「さようにございましたか。ほんとうにふつつかで頑固な父にございます。ご迷惑をおかけいたしまして、娘の私も恥ずかしく思います」

「いや、頑固ではあったが、邪心なく清廉潔白《せいれんけっぱく》、正義と思うと自説を曲げることなく、最後まで貫く。まこと武人らしい武人であった」

「ありがとうございます。私も、父から若月丹波守清胤様のお話を、時折耳にしておりました」

「さようか。さぞ、余のことを悪し様《あざま》に申されていただろうな」

綾姫は袖で口許を覆った。

「はい。あの頑固者め、少しも人に譲らぬと」

「ははは。やはりのう」

「ですが、父は申しておりました。若月様は、どのように不利になられても、決して節を折らないところがいい、と。たとえ、意見が違っても、信頼ができる御方だ、と」

「ほう。さようか。余も、本田殿を尊敬し、信頼しておったが、本田殿も余を信頼してくれていたか」

文史郎は大きくうなずいた。

「綾姫、お父上はしばらく御病気で伏せっておられるときいておったが、その後、ご容体はいかがだったのだ？」

「はい。……ご承知のように、私は屋敷を出ましたので、いまは分かりませぬが、私が出たころは、容体はだいぶ持ち直し、床に起き上がるほどに恢復しておりました。そうでなかったら、私も出奔できなかったことでしょう」

「なんのご病気だったのだ？」

「肝の臓の病ときいております」

「……そうか。お大事にされたがいい」

「はい。ありがとうございます。もし帰ることがあったら、そう申し伝えます」

綾姫の声が沈んだ。

文史郎は綾姫の隣の娘に目をやった。

「して、お隣におられる娘御は？」

綾姫の右隣の娘が静かに顔を上げた。

「綾姫様お付きの腰元のお絹にございます。どうぞ、よろしゅうお願いいたします」

お絹はしとやかな仕草で顔を上げた。母親似の瓜実顔だった。切れ長の目が母親と同じような憂いを含んでいる。

「おう、そなたが小泉屋の娘御か。母御によく似てこれまた美しいのう」

「ありがとうございます」

お絹も恥ずかしそうに顔を赤らめた。

文史郎は控えている若侍に目を向けた。

「で、そこに控えおる者は、小姓組の前田軍蔵か？　それとも……」

「はっ、小姓の前田軍蔵にございます」

若侍はきびきびした所作で手をつき、文史郎に平伏した。

「ところで、綾姫、いま一人の若侍はいかがいたした？」

「いま一人の若侍とは、誰のことでございますか？」

「馬廻り組の服取慎造が、いっしょだと思ったのだが。違ったのか？」

「服取慎造様も、藩邸を脱け出したというのですか？」

綾姫は顔色を変え、お絹と顔を見合わせた。お絹が顔を左右に振った。

前田も顔を上げた。

「慎造も脱け出したというのですか？」

「なに、おぬしら知らなかったのか？　家老の話では、同じ時期に相前後して、服取慎造が出たきり、藩邸に戻らなくなった。てっきりおぬしらとしめし合わせて出奔したのだろうと思っておったぞ」

綾姫は頭を振った。

「いえ。そうではありません。それにしても、お殿様はほんとうによく事情を御存知で。やはり家老の戸村たちが、お殿様に相談にお訪ねしていたのですね」

「うむ。次席家老の戸村勝善殿とおぬしの御母堂から、おぬしを捜してほしいという依頼を受けている」

「やはり母上も」

綾姫は下を向いた。

「お殿様は、直接、母上や戸村にお会いになられたのですか？」

「いや。余はほかの相談に忙しくて、御母堂とも家老の戸村殿とも会ってはおらぬ」

左衛門が文史郎の代わりにいった。

「それがしと大門が、御家老の戸村勝善殿とお会いして、姫君を捜してほしい、と依頼されました」

「そうでございましたか」

綾姫はお絹と顔を見合わせた。

文史郎は綾姫に訊いた。

「それにしても、なぜに、御母堂も家老の戸村殿も他ならぬ我ら相談人に依頼して参ったのかのう？」

「それは父上が、常々、お殿様が剣客相談人を名乗って万《よろず》揉め事を納めてなさるというお噂を口にしておりまして、母上や私に、冗談めかして、もし藩のことで何か困ったことがあったら、ぜひ、お殿様に相談するよう申しておりました」

「なるほど」

「冗談めかしてはおりましたが、存外、父上は真剣だったように思います」

「ほう、なぜ、そう思うのだ？」

「と申しますのは、嫡子がいないので、いずれ、私が婿養子を迎えることになる。その際、自分が元気ならいいが、そうでない場合、藩内に婿養子の候補をめぐって、いらぬ抗争が起こるやもしれない。その場合、那須川藩の婿養子となり、いろいろご苦労なさっていた若月丹波守清胤様なら、何かいい知恵を出してくれるだろうと」

「やれやれ。とんだところで、お父上の信頼を受けたものだのう」

「はい。お殿様なら、きっと相談に乗っていただける。母上も家老の戸村もそう思ったのでしょう」

「家老たちも、父上から、そういわれておったのか？」

「はい。筆頭家老の柴田泰蔵も、次席家老の戸村も、ほかの要路たちも、病床にある父上の話をきいていたはずです」

「なるほど」

「実は、私がこうして、こちらにお訪ねする決心をしたのも、父上の話を思い出してのこと。三人で逃げる場もなく、この道場の剣客相談人の看板を見付け、駆け込んだ次第でした」

文史郎は、なぜ、自分たちのところに、家老や綾姫たちが相談しに来たのか、その疑問が晴れる思いだった。

「ともあれ、これで一件落着。われらが姫君をお捜しせずとも、こうして姫君の方から現れてくれた以上、われら相談人の仕事は労なくして終わったようなもの。のう、爺」

文史郎は左衛門の顔を見た。

「殿、ようございましたな。これで、子供たちを人攫いから救い出した件といい、こちらも、めでたく一件落着にございますな」

左衛門は安堵したようにいった。

「お殿様、お待ちくださいませ」

綾姫が真剣な面持ちでいった。お絹も綾姫といっしょに頭を下げている。控えた前田軍蔵も再度、平伏していた。

「う、何かの？」

綾姫は静かな口調でいった。

「こちらに上がりましたのは、新たに相談事があってのことにございます。私は屋敷に戻るつもりはございません。ぜひ、私たちをお助け願いたいのでございます」

「な、何を申される？」

左衛門が驚いて訊いた。大門も目を丸くした。

「なに、姫君は藩邸にお戻りにならぬとおいいか？」

「はい。私は、もちろん、皆、二度と戻らぬ覚悟で藩邸を出ました。お殿様、いや、剣客相談人様たち、お願いいたします。私たちを匿っていただきたいのです」

「それがしからも、なにとぞ、よろしゅうお願いいたします」

弥生も男言葉でいい、文史郎に頭を下げた。

だいたい弥生が男言葉を使うときは、ろくなことがない。

文史郎は内心溜め息をついた。

「な、なんと弥生殿までも」

大門が髷面を歪めた。左衛門も絶句している。

文史郎は腕組をした。

嫌な予感は的中した。

だいたい、事がすんなり行き過ぎた。事がそう簡単に終わるなら、そもそもはじめから揉め事は起こるはずがない。

「相談人様、どうぞどうぞ、私たちの願いをお聞き届けくださいませ」

「ううむ」

文史郎は腕組をしたまま唸った。

弥生が念を押した。

「殿は、まさか、懐に飛び込んだ鳥を殺《あや》めるような真似はいたしませんよね」

窮鳥《きゅうちょう》懐に入れば、猟師も殺さず、か。

「爺、困ったのう」

「はあ。いかが、いたしましょうや」

左衛門も困惑を隠さなかった。

大門が笑いながらいった。

「殿、姫君が現れた以上、御家老たちの依頼はなくなったも同然。まずは、姫君の相談をおききして、引き受けるか否かを決めることにいたしては？」

「大門殿も、たまにいいことをいいますな」

左衛門が皮肉を込めていった。

「大門、爺、事はそう簡単ではないぞ」

戸村家老の依頼は、まずは綾姫を捜し出し、居場所を突き止めるところまでだ。

綾姫に藩邸に帰るよう説得したり、身柄を拘束して藩邸に連れ帰るところまでは引き受けていない。

だが、今度、綾姫から帰らずに済むように匿う依頼を受けたら、戸村家老に居場所を告げる約束は破ることになる。

あちらを立てれば、こちらが立たずか。

弱ったことになった。だが、まずは綾姫の事情をきかねば、何ごとも解決できぬ。

文史郎は決心した。

「よかろう。綾姫、わしらも、家老の戸村殿や御母堂から引き受けた相談をないがしろにすることにはできぬ。おぬしらの相談をきいた上で、どうするか決めるが、それでよいか？」

「はい。もちろんのことでございます」

綾姫は愁眉《しゅうび》を開いた。

「なぜ、藩邸に二度と戻らぬのか、その理由をおききしよう」

「はい。私の我儘ではありましょうが、限りある命、私は自分自身の納得できる人生を生きとうございます。そのためには藩主の娘であることを捨て、市井《しせい》の娘として生きて行こうと決心しました」

文史郎は綾姫を見据えた。

「正直に申せ。おぬし、誰かに恋をしておるな」

綾姫の顔が見る見るうちに赤くなった。

綾姫は俯《うつむ》いた。うなじまで赤みを帯びている。消え入るような声で小さくうなずいた。

「……はい」

「相手は？」

文史郎はじろりと隅に控えた小姓の前田軍蔵に目をやった。

前田も俯いたまま、軀を硬直させている。

「いまは申しませぬ」

「よかろう。いまはおききすまい。つまり、その男と、添い遂げるためなら、何を捨ててもいい、と申すのだな」

「はい」

「相手もそう思うておるのか？」

「分かりませぬ。そう思っていただいていると信じております」

文史郎は少々意地悪な気持ちになった。じろりと前田を見た。前田は身を小さくしていた。

「相手の男は分からぬぞ。ほかの女が好きかもしれぬ」

「もし、そうであれば、いたし方のないこと。そのときには、私はあきらめて尼寺に参ります」

文史郎は溜め息をついた。

一途《いちず》に男に惚れ込んだ女子は、最早止めようがない。恋の炎に身を焦がして死んでも本望と思っている。

年を取れば、一時燃えた恋情も、醒めれば一時の夢のようなものなのが分かるが、若いときには分からないものだ。当の本人は周りがまったく見えなくなっている。

ふと都々逸《どどいつ》が頭を過《よぎ》った。

身をも命も惜しまぬものを、

なんの浮世や世の義理を　か。

「綾姫、もし、どうしても相手と添い遂げることができなかったら、いかがいたす？」

「死にまする」

「簡単に申すな。死ねばすべてが解決するわけではないぞ」

「はい」

「もし、余がおぬしの依頼を断ったら、いかがいたす？」

綾姫はきっと唇を結んだ。

「そのときは……黙って、ここをお暇《いとま》するだけです。あとは、お殿様にも弥生様にも誰にも、ご迷惑はおかけしませぬ」

参ったな。綾姫は思い詰めている。

本気で相手といっしょに死ぬ気だ。

相対死《あいたいじ》には天下の御法度《ごはっと》だが、綾姫には関係がない。

お絹もただならぬ形相で文史郎を見ていた。

もしかして、お絹は一年前に引き裂かれた幼なじみの隆次のことを思い出しているのかもしれない。

弥生も文史郎の決断を促すように、じっと見守っていた。

前田は、頭を垂れたまま、微塵も動かずにいる。

こいつは弱ったなあ。

文史郎は左衛門を振り向いた。

左衛門は頭を左右に振った。

受けてはならぬということか。

右の大門を見た。

大門はじっと腕組をし、目を閉じている。

「大門？」

「美しい話ですな」大門は呟いた。

「なに？」

「男と女の切《せつ》ない間柄は、美しいものだ、と」

文史郎は大門の意見を訊くのも野暮《やぼ》だと思った。

「分かった。綾姫の相談をお引き受けしよう」

「お殿様、ほんとうでございますか」

綾姫は両手を畳について文史郎を見上げた。

「殿、そのようなことをお引き受けして、いかがなさるおつもりか」

左衛門が慌てて止めようとした。

「爺、しかし、綾姫の依頼を引き受けねば、綾姫と相手は死ぬつもりだぞ」

「しかし」

「しかしも、何もない。引き受けずにいて、綾姫に死なれたら元も子もない」

「さよう。爺さん、そうなったら、いかがいたすのだ？」

大門が脇から口を挟んだ。左衛門は抵抗した。

「そんな安請け合いをなさり、家老の戸村殿には、なんとお話しなさるおつもりか」

「正直に申すしかない。綾姫は戻らぬ、あきらめろと」

「お殿様、ありがとうございます」

綾姫は半泣きしながら、文史郎の前に膝を進め、文史郎の手を握った。

「どうか、よろしゅうお願いいたします」

「ううむ。なんとか、しよう」

文史郎は綾姫に手を握られ、大きくうなずいた。

「殿、拙者も及ばずながら、ご助力いたします」

大門が進み出、綾姫と文史郎の手の上に手を重ねた。

「それがしも」

弥生も進み出て、手を重ねた。

「私も」

お絹も膝行して、さらにその上に手を載せた。

左衛門が呆れた顔で、みんなの様子を眺めていたが、しぶしぶと膝を進め、お絹の手の上に手を重ねた。

「爺も」

部屋の隅で、前田はじっと動かなかった。

文史郎は内心、ええい、ままよ、なんとかなるだろう、と思うのだった。

為せば成る、為さねば成らぬ、何ごとも、だ。

二

文史郎は、綾姫たちを弥生の道場に残し、左衛門一人を連れて、広小路へと急いだ。

蔵屋敷から逃げた蔵頭や黒蜘蛛一味の残党たちを捕らえることができたのかどうか

が気掛かりだった。

だいぶ陽が西に傾き、北風も吹きはじめている。

左衛門は歩きながら、文史郎にいった。

「殿、ほんとうに厄介なことを引き受けなさって。爺は、どうなることかと心配でなりませぬ」

「爺、くよくよ悩むな。なんとかなろう。きっと天が我らに味方をしてくれよう」

「どうして天がお味方をしてくれる、と」

「わしらはいいことをしているだろうが。三人の娘たちどころか、十人もの娘たちを黒蜘蛛たちの毒牙から救い出したのだぞ。きっと天もわしら相談人のことをお認めくださっているはずだ」

「いつから、殿はそのように信心深くなられたのですか？」

文史郎は木枯らしに裾をめくられ、思わず大きなくさめをした。

「おお、冷えるのう。急に寒くなった」

「ところで、殿、綾姫の相手というのは、誰でございましょうな」

「お小姓の前田軍蔵ではないのか？　いつも身辺を護衛している間に、姫君に惚れ込んでしまい、いい仲になった」

「そうでござろうか。爺は、違うように思いましたが」

「ほう。なぜだ？」

「殿が、もう一人の若侍、服取慎造のことを切り出したときの綾姫の顔を覚えておられませんか？」

「そうよのう。顔色を変えたような気もした」

「服取慎造が自分たちのあとを追って出奔したときいて、喜色を見せたのでは」

「なるほど。そうともいえるか」

「それに、いま一つ、綾姫は前田軍蔵のことは呼び捨てにしていたのに、服取慎造のことは様をつけましたぞ。服取慎造様と」

「爺は目敏い、いや耳敏いのう。そうだったかのう」

「はい。確かに、爺はそうききました」

「服取慎造様か」

「もしかして、前田軍蔵にとって、恋敵《こいがたき》かもしれませぬぞ」

「なに恋敵だと？」

「爺の勘では、服取慎造が出奔したことをきいた前田軍蔵の反応は尋常ではござらなかった。前田は、慎造が、と驚いて腰を上げたではござらぬか」

「爺は、よう見ているな。まるで小煩《こうるさ》い小舅《こじゅうと》のようだな」

「煩い小舅で悪うございましたな」

左衛門はむくれた。

「爺、へそを曲げるな。ともあれ、爺の観察眼に畏れ入っただけだ」

文史郎は左衛門を宥めながら、広小路に差しかかり、驚いて足を止めた。

五棟はあった小屋が三棟に減っていた。

貫之丞一座の芝居小屋と、講談と寄席《よせ》の小屋、浄瑠璃《じようるり》の小屋はあったが、見世物小屋と曲芸一座の小屋は消えていた。

跡地には小屋が解体されたあとの材木や菰の類《たぐい》が置かれてあるだけで、うら寂しかった。

両国橋の手前に並ぶ露店の群れは変わらず繁盛している様子で、大勢の物見遊山の客たちが買物を楽しんでいる。

「殿、いかがいたしました？」

「番小屋に参ろう」

文史郎は足早に勝吉一家の番小屋に行った。

小屋の前にいた若い者が文史郎たちを見て、すぐに頭を下げた。戸を引き開けた。

小島啓伍が顔を向けた。

「あ、お殿様、昨夜は、お疲れ様でした」

小屋の中には、勝吉親分と話す定廻り同心の小島や忠助親分の姿があった。

「小島や忠助親分こそ、ご苦労だった」

「さあさ、お殿様、火鉢の傍へどうぞ」

小島が立って、文史郎と左衛門に頭を下げ、板の間に上がるように促した。

勝吉が愛想笑いを浮かべ、台所の若い者にお茶を用意するようにいった。

「見世物小屋と曲芸小屋がなくなっているが、いかがいたしたのだ？」

「へい。どうやら、見世物小屋や曲芸小屋の白神一座の座員の多くが、黒蜘蛛の一味だったらしく、昨夜、治兵衛こと黒蜘蛛の頭領並蔵が討ち取られたと知るや、朝になるまでに、それこそ蜘蛛の子を散らすように逃げ出しました」

「ほう、そうだったか。で、蔵屋敷は、どうなった？」

「はい、見事に焼け落ちまして、いまは焼け野原となっております」

「逃げた蔵頭の笹沼主水は、いかがいたした？」

「直《ただ》ちに江戸船手詰め所に乗り込み、船手頭《ふなてがしら》の向井《むかい》将監《しょうげん》殿に面会して、南海屋の廻船曙丸の出航を押さえるようにお願いいたしました」

江戸船手頭の三代目向井将監は、文史郎も以前に世話になったことがある。親分肌のいい江戸船手頭で、江戸を荒している人攫い一味の片割れといえば、きっと捕縛に乗り出してくれる。

「はい。向井将監殿は事情をきくなり、夜中というのに、船手水主（同心）たちを非常呼集し、捕り方舟を多数出してくれました。それがしもその一隻に同乗し、出航間もない曙丸を品川沖で停船させ、捕り方を乗り込ませました。それがしも、この手で蔵頭笹沼主水に縄を打ちました。いっしょに逃げようとしていた黒蜘蛛の残党十数人も一網打尽《いちもうだじん》にしました」

「そうか。それはなによりのお手柄だった。でかしたぞ」

「ところが、そうでもないんです。上司の与力からお目玉を食らいまして」

「どうした、というのだ？」

「町方役人がいくら人攫いとはいえ藩の要路である蔵頭に縄を打つとは何ごとだと。事が事なので直ちに捕えた笹沼は、高松藩の目付方に引き渡せと。あとは藩の処置に任せようとなりました」

「なるほどのう。高松藩は藩ぐるみで人攫いをやっておったのかな？」

「いえ、そうではなかったらしいです。引き取りに来た目付方はかんかんに怒っておりました。笹沼には厳しい処分が出されるだろうといっていましたから」

「そうか、とんだ骨折り損になったのう」

「蔵屋敷も焼け落ち何もかも燃えてしまったので何もなかったことにせい、と上司からいわれました」

「そうか。葵の紋が汚れぬよう、すべてはうやむやにされたか」

文史郎は頭を振った。

「ま、そういうことです」

「ところで、南海屋は黒蜘蛛一味に加担しておったのか？」

「先程まで、曙丸の船頭たちを尋問していたのですが、どうやら、彼らは人攫いの黒蜘蛛一味だとは知らずに、蔵頭の命令で船を出したらしいのです」

「ほう。信用できる証言か？」

「おそらく。南海屋は讃岐高松藩の要路と取引があり、曙丸も蔵屋敷からの積み荷を沖待ちしていたそうなのです。それが、いきなり蔵頭たちが乗船して来て、積み荷もほとんど積まぬのに、すぐ出航しろと強要されたといっていました」

「ふむ」

「船頭たちは、蔵屋敷が燃えるのを沖から見ていて、蔵頭たちの慌てふためくのを、変だなと思いながらも、お得意様の指示とあって、出航したそうです。ですから、江戸船手から停船を命じられたとき、すぐに帆を下ろし、停船しようとしたところ、蔵頭から刀を突き付けられ、船を停めるなと脅された。船頭と蔵頭たちが揉めているのを見て、船子たちが帆の綱を切り、船を停めた。そういうことから見て、船頭や船子たちは確かに潔白ではないか、と思っています」

「そうか。船頭たちを信用するとしても、南海屋が蔵頭や黒蜘蛛一味の人攫い商売を知らずに廻船を用意していたとは思えぬのだが」

小島は静かにいった。

「それで、これから南海屋に乗り込んで、政兵衛を厳しく詮議しようと思っております」

「そうか。では、よろしく頼む」

文史郎は左衛門に、帰ると目配せし、刀を手に立ち上がった。

左衛門もそそくさと立ち、土間に下りた。

三

翌朝、文史郎は左衛門に軀を揺すられ、目を覚ました。

久しぶりに眠りが深かったのは、一昨日から、忙しかったからだろう。

左衛門が土間を振り向いていった。

「玉吉が来ています」

「おうそうか。早いな」

「殿、早くはありません。もうすぐ昼ですぞ」

「そうか。寝坊したか」

「殿、お早うございます。一刻も早くご報告したいことがありまして」

「ご苦労。ちょっと待て」

文史郎は起き上がり、台所で手桶の水を使い、顔を洗った。

手拭いで顔を拭く。ようやく眠気が醒めた。

左衛門は床を上げ、台所でお茶の用意を始めた。

文史郎は畳に胡坐をかいた。

「それで、何か分かったのか？」

「へい。あっしが松平家のお屋敷で中間《ちゅうげん》をしていたときに、屋敷に出入りしていた便達屋《べんたつや》を思い出したんです。その中にたしか扇屋という男がいたと。それで、そいつのことを調べたら、扇屋京兵衛という名だと分かったんで」

「その便達屋と申すのは何だ？」

「武家屋敷で頼まれれば、屋敷の修理の大工や汲み取りを紹介したり、御台所の買い出しの手伝いをするとか、ともかく、なんでも引き受ける何でも屋です。たいへん気が利くので、武家や商家のお大尽は、ちょっとしたことでも、自分のところの下男や奉公人ではなく、便達屋に頼むんです。どんなことでも便達屋は嫌がらずに引き受けるので、評判がよく、重宝がられているのです」

左衛門がお茶の湯呑み茶碗を文史郎と玉吉に出した。

「ありがとうございます」

玉吉はお茶を押し戴いた。

文史郎はお茶を啜った。

「それで？」

「扇屋京兵衛の表の稼業は確かに武家屋敷やお大尽の商家出入りの便達屋ですが、裏に回ると闇の差配人と分かりました」

「扇屋京兵衛が、どうして闇の差配人だと」

「一夜張り込んでみたんです。そうしたら、夕刻から夜中にかけ、扇屋京兵衛の家に、夜陰に紛れて、二人の侍があいついで訪ねて来やして、ひそひそと密談を交わしたあと、金らしい物を渡して引き揚げて行くんでやす」

「ほう、どんな侍だったのだ?」

「一人は黒頭巾を被った武家で、供を表に待たせていましたから、どこかの武家屋敷から来た侍だと分かった。で、手下の音吉《おときち》に尾行させたんでさ」

「どこの武家だったのだ?」

「安房東条藩の江戸上屋敷でした」

「なるほど。扇屋京兵衛は、小泉屋のお絹を安房東条藩の腰元に斡旋したのだから、つながりがあるのは分かるが、夜密かに、武家が訪れるというのは、あやしいな」

「へい。引き続き、手下の音吉に屋敷に探りを入れさせ、いったい誰が扇屋京兵衛の家に会いに行ったのかを聞き込ませています」

「うむ。で、いま一人の侍というのは?」

「素浪人でした。痩せ形の体付きで、異形《いぎょう》な顔付きをした浪人者でやした」

「髪は、どのような？」

「月代《さかやき》はなく、ただ髪を後ろに束ねて髷にしただけの格好で」

文史郎は茶を啜るのもやめて考え込んだ。

似ている。もしかすると、あの浪人者かもしれない。

文史郎は、浪人者の面影を目に浮かべるだけで、背筋にひんやりと冷たい戦慄が走るのを覚えた。

「おっそろしく勘の鋭いやつで、あっしがもっと話をきこうと、床下に忍び込んだんですが、いきなり刀を床に突き立てやがった。鼻先三寸のところで刃先が止まり、危うくあっしは串刺しになるところでやした」

「よく逃れることができたな」

「あっしも観念し、しばらく身動《みじろ》ぐのもやめ、息を殺して死んでました。ちょうど運がいいことに、床下の別のところで、さかりがついた雄猫が雌猫をめぐって鳴き喚きはじめまして助かりました。なんだ猫か、という声がして」

「それで話は少しはきけたのか？」

「低い声だったので、よく分からなかったのですが、扇屋京兵衛は浪人者を先生と呼んでいましたね」

「それから、久蔵の名が出ましたね。『先生、さすがですな、一太刀で』といってましたから。そして、扇屋京兵衛は浪人者に金子《きんす》を渡した様子でした。金子を数える音がし、浪人者が『確かに』と返答していましたから」

「そうか。久蔵を斬ったのは、その浪人者の先生か。扇屋が口封じをしたのだな」

「おそらく、そうかと」

玉吉はうまそうに茶を飲んだ。

「それから、いかがいたした?」

「浪人者が帰ったあとも、しばらくじっと我慢して床下に寝転んでいました。そのうち眠ってしまいやして」

「ほう、大胆だのう」

「浪人者がいる間、あまり緊張したんで、その疲れが出てしまったんでしょう。そうしたら、朝になって、離れから扇屋のお内儀が出て来た。話の中身から、扇屋が出掛ける様子なんで、あっしも、そっと床下を抜け出しやした。通りに先回りして待っていたら、扇屋一人が出て来た」

「尾《つ》けたのか」

「先生か」

「へい。するってえと、掘割の船着き場から猪牙舟に乗って、どこかに行こうとしている。舟となれば、あっしの領分でさあ。すぐに船頭仲間に頼んで、あとを尾けた」

「どこへ行ったのだ？」

「両国橋を潜り、対岸の小名木川に入り、深川の岡場所へ向かった。朝っぱらから、女郎買いか、豪勢なやつだなと思ったら、扇屋は陸に上がり、一軒の出会い茶屋へ上がり込んだ。てっきり、女が待っていると思い、顔見知りの女将に鼻薬を渡して訊いたら、相手は南海屋の若旦那公典《きみすけ》だったんでさあ」

「なんだと、南海屋の公典だと。二人は何を話していたのだ？」

「女将に、さらに金を握らせ、公典と扇屋が会っている部屋の隣に忍び込ませてもらったんでさあ。襖越しに耳を澄ましたら、おおよそ話は終わったあとらしく、若旦那は眠い眠いを連発してやした」

「話の中身はきけなかったのか？」

「へい。残念ですが。でも、殿、話は金の話だったらしく、『これ以上は、もう金は出せない。親父の顔が恐い』といってました。だから、扇屋京兵衛は、公典から大金を出させていたのだけは確かですぜ」

「そうか、でかした。それだけでも役に立つ。引き続き、扇屋京兵衛を張り込んでくれ。安房東条藩の誰が扇屋と会っているのか、それから、いったい誰が、余たちに懸賞金をかけているのか探ってほしい」

「へい。分かりやした。では、あっしはこれで」

玉吉は頭を下げ、足音も立てずに、細小路に姿を消した。左衛門がいった。

「殿、どうやら、我らの首に賞金をかけた者の手がかりが摑めそうですな」

「うむ。しかし、もし、南海屋の若旦那の公典が大金を使って、わしらの首に賞金をかけるとして、わしらに何の恨みがあるのだ？」

「殿、お忘れですか？　廓遊びをしている大店の若旦那衆が、三猿会《さんえんかい》という講《こう》を作り、吉原一の花魁霧壺《おいらんきりつぼ》を、誰が身請けすることができるか、五千両の賭けをしたことがあったではありませぬか」

「ああ、あれか。覚えておる」

「南海屋の公典は、あのとき、賭けに敗けただけでなく、廓の首代《くびだい》たちに、さんざん痛めつけられ、親父の政兵衛に突き出された。一時は勘当された上に、二度と再び吉原への出入りは禁止になった。そうなったのは、そもそも剣客相談人のわしらの仕業だと、逆恨みをしているのだと思いますよ」

「なるほど、かもしれぬな」

文史郎は腕組をし、考え込んだ。

「ともあれ、いま少し様子を見よう。玉吉がさらに何かを聞き込むかもしれぬ」

「さようで」

左衛門はうなずいた。

「ところで、爺、余は腹が減った。朝飯はまだか」

「はい。ただいま、遅い朝食の用意をいたします。いましばし、お待ちください」

左衛門は台所に立ち、竈に丸干しを載せて焼きはじめた。芳ばしい匂いが漂い出した。

文史郎は腹の虫がぐうと悲痛な声を上げるのをきいた。

「御免なすって」

忠助親分の声がきこえた。

戸口に末松を従えた忠助親分が姿を現した。

「おう、親分、どうした？」

「お殿様、小島の旦那が、ぜひ、南海屋までお越し願えませんか、といってます。お迎えに上がりました」

四

文史郎と左衛門が忠助親分の案内で、廻船問屋南海屋を訪れたのは、午後の遅い時間だった。ちょうど南海屋は、店仕舞いの真っ最中だった。

手代や丁稚たちが表の戸を閉めたり、片付けものをするために立ち働いている。

南海屋には、奉行所の同心たちが乗り込み、主人の政兵衛や番頭たちを尋問していた。

大勢の捕り方が南海屋の周りを取り囲み、物々しい雰囲気に包まれていた。

無断で店の者が外へ出入りしないように見張っている。

店の周りには、これまた大勢の物見高い野次馬たちが集まり、少しでも中の様子を見ようと押し合い圧し合いをしていた。

「御免よ」

忠助親分は末松を連れ、店に乗り込んだ。

文史郎と左衛門があとに続いた。

顔見知りの同心たちが、文史郎を見て、頭を下げて迎えた。

「これはこれは、相談人様、御足労いただき、ありがとうございます」

文史郎は町方役人たちを労《ねぎら》った。

同心たちは讃岐高松藩の蔵屋敷と南海屋とが、どう結びついているのかを洗い出していた。

小島は南海屋の内所に詰めて、分厚い帳面を一頁ずつめくっていた。不審な貸し付けや使途不明な金を洗っているのだ。

小島は顔を上げ、文史郎たちに頭を下げた。

「お殿様、よく御出でになりました」

小島の顔には徹夜の疲れが色濃く現れていた。

「どうだい。何か分かったかね」

「はい。裏帳簿を見付けましてね。表の帳簿に記されていない使途不明金が大量に発見されました」

「いくらだい？」

「ざっと、一万両を越える金が持ち出されているのが分かりました」

「何に使ったのか、南海屋政兵衛に問い質したのかね」

「いえ、これからなので、ぜひ、お殿様にも立ち合っていただこうと思いまして」

小島は徹夜の作業で血走った目を、傍らの大番頭に向けた。

「大番頭も知らない使途不明金だそうで、持ち出したのは、旦那の政兵衛か、若旦那の公典ではないか、とのことです」

「小島の旦那、私がそんなことをいったなんて、旦那様にはいわないでください。お願いです」

大番頭はおどおどした態度でいった。

「正直にいえば、大番頭からきいたなんて、決していわねえさ」

「お願いします」

文史郎は大番頭にいった。

「さっそくだが、南海屋政兵衛に会って話を訊きたいのだが」

「はい。ただいま、ご案内いたします。大旦那様は奥の座敷で休んでおります」

大番頭は腰を折り、文史郎たちを店の奥の廊下に案内した。

文史郎は、小島と左衛門を従え、づかづかと奥へ進んで行った。

廊下の突き当たりの座敷に、政兵衛が焦悴しきった顔で座り込んでいた。

「あ、お殿様」

「政兵衛、しばらくだったな」

「その節は、いろいろお世話になりました。このたびも、ご迷惑をおかけいたします」

政兵衛は文史郎に平伏した。

文史郎は政兵衛の前に、どっかりと胡坐をかいて座った。

小島と忠助親分が文史郎の左右に分かれて、政兵衛を両側から尋問する形に座った。

左衛門は文史郎の背後に座った。

小島が念を押すようにいった。

「政兵衛、ぐちゃぐちゃしたことは訊かない。だから、答えもすっきりと答えてくれ。いいな」

「へい」

小島は裏帳簿をぽんと叩いた。

「裏帳簿をざっと覗いた。金庫に残っている金と、帳簿の数字の帳尻が合わねえ。合計すると、ざっと約一万両が消えている。税金逃れにしても、一万両となると、たいへんな額だ。一万両はどこに隠した？」

「それが……」

忠助親分が十手で畳を叩いた。

「おい、はっきり答えろ。同心の旦那がよくきこえるようにな」

「へい」政兵衛はおどおどしながら答えた。

「それが、一万両なんて金は、どこにもないんです」

小島が訊いた。

「帳簿に書いてあって、ないというのは、どういうことなんだ？」

「それが、いつの間にか、誰かに金庫から金が抜かれたんです」

「盗まれたというのか？」

「はい」

「いったい、誰が盗んだんだ？」

「それが……」

忠助親分が脅した。

「おい、はっきり答えないと、お上《かみ》は南海屋を潰《つぶ》すことになるぜ」

「番頭たちの話によると、どうも、倅の公典らしいんで」

「倅が盗んだだと？」

「へい。あの放蕩息子の仕業に違いねえんです」

政兵衛は疲れきった顔でいった。

「倅の公典は、どこにいる？」

「分かりません」

　忠助親分が小島に代わって訊いた。

「居場所を隠しているんじゃあるめえな」

「決してそんなことはありません」

　文史郎が優しく諭すようにいった。

「若旦那の公典は、たしか吉原には出入り禁止になっておったな」

「へい」

「吉原以外の岡場所にしけこんでいるのではないか？」

「おそらく。性懲りもなく遊んでいるのだと思います」

「深川か？」

「たぶんそうではないかと」

　小島が代わって訊いた。

「公典の行きつけの女郎屋は、どこだ？」

「私に見つけられるのが嫌さに、点々と居場所を替えているらしいんで」

「金を持って逃げているというのか？」

「大金なので、金はどこかに隠してあるのかもしれませんが、ともかく逃げ回っているんです」

「おまえな、倅のことを隠しているんじゃねえのか？」

「旦那、ほんとうに知らないんです。情けないことに、倅は親の私を舐めきってやがって」

　小島が何か問おうとした。

　文史郎は小島を手で制した。

「政兵衛、おぬし、扇屋京兵衛を存じておろうな」

「扇屋京兵衛でございますか？」

　政兵衛の顔に動揺が走った。

「知っているな。闇の差配人といわれている男だ」

「へい。噂だけは」

「それがしの手の者が、扇屋京兵衛と倅の公典が、密かに深川の出会い茶屋で会っているのを目撃しているんだ」

「…………」

「公典は扇屋に大金を払って、何ごとかを頼んでいた。何を頼んだと思う？」

政兵衛はじろりと文史郎を見た。怯えた顔をしている。

「お殿様は、御存知なのですか？」

「分かっている。それがしの首だろう？」

文史郎は自分の首を手刀でぽんと斬る仕草をした。

「賞金首など、滅相もない」

「おい、政兵衛、誰が賞金首だといった？」

「……お殿様が……」

政兵衛は慌てて口を噤《つぐ》んだ。

「おぬし、倅の公典が、それがしや爺、大門の首に懸賞金をかけたのを知っていたのだな」

「め、滅相もない。そのようなことは知りませんでした」

政兵衛は軀を震わせて顔を伏せた。

小島が十手でとんと政兵衛の肩を叩いた。

「政兵衛、いまのうちに白状しておくのが身のためだぜ」

「も、申し訳ございません。倅のやつ、やめろと申し付けていたのに、扇屋京兵衛なんかに会いやがって、自分の不始末から出た身の錆びだというのに、剣客相談人様たちを逆恨みして、おとしまえをつけさせようと、あろうことか剣客相談人様たちの首に懸賞金をつけたらしいのです。私は倅に、駄目だと厳しく申し付け、倉の金庫から金を持ち出せないようにしたつもりだったのですが、倅は番頭たちを脅して、金を盗み出したのです」

文史郎は小島と顔を見合わせた。

やはり、多額の懸賞首は、南海屋の公典がかけていたのか。

文史郎は政兵衛に向き直った。

「もし、おぬしが、それがしたちに協力してくれれば、これまでのこと、なかったことにし、南海屋を潰さぬようにしてもいい」

「お殿様、それは、いくらなんでも困ります。蔵屋敷の方をうやむやにされた上に今度は、南海屋の方もうやむやにされるなんて……」

小島が困った顔をした。

「小島、それがしたちも、蔵屋敷の件につき、いろいろ手伝ったではないか。もし、御家門の蔵屋敷に、町方役人が無断で押し入ったことが御上の耳に入ったら、御奉行も上司の与力たちもただでは済まぬぞ。そのときには、それがしが、兄の大目付に話して、なんとか、揉み消してやる。だから、それがしがやろうとしていることに、ちと目を瞑ってくれぬか。かならず、この恩は返す。頼む」

　小島は頭を掻いた。

「分かりました。お殿様の頼みだ。いいでしょう。ですが、もし、こいつがお殿様との取引を反古《ほご》にしようとしたら、ただじゃあ済まない。いいな、政兵衛」

「は、はい。なんでもいたします。お殿様、どうか、なんなりと仰せつけくださいませ」

　政兵衛はおどおどしながら、文史郎に頭を下げた。

「では、政兵衛、おぬしにやってもらいたいことがある。まず、おぬし、闇の差配人を誰か知らぬか……」

　文史郎は政兵衛にある策略を話し出した。

五

　その夜、文史郎は安房東条藩の江戸屋敷に使いを出し、次席家老の戸村勝善を、水茶屋『水仙』に呼び出した。

　あたふたと駆け付けた次席家老の戸村に、文史郎は綾姫を見付けたことを話した。

その上で、綾姫は藩邸に戻る意志のないことを告げた。その証拠として、綾姫から預かった書状を二通、戸村に手渡した。

書状を読んだ戸村は力なく項垂《うなだ》れ、しばらく黙りこくった。

戸村の手には、綾姫直筆の書状が握られていた。戸村に宛てての脱藩の決意を記した手紙だ。

もう一通の書状は、父親本田正延と母親鶴の方へ宛てた、綾姫の現在の心境とお詫びを書き付けた手紙だった。

水茶屋『水仙』の二階は、文史郎たちのほかに客の気配はなく、静まり返っていた。

明るい陽光があたった窓の障子戸が、風にぶるぶると音を立てて震えた。

いつになく冷え込んでいる。

文史郎は火鉢の炭火に手をかざして、暖を取った。火鉢の上にかかった鉄瓶がちんちんと音を立てていた。

左衛門も、傍らに座り、目を閉じ、黙考している。

戸村は深い深い吐息をついた。

「そうでござったか。姫君は、決して戻らぬと仰せでしたか。戻るくらいなら、自害なさるともおっしゃっておられるのですな」

「さよう。もし、無理にでも連れ戻そうとすれば、舌を嚙み切っても自死なさることでしょう」

「そうでござるか。それほど、姫君の御意志は堅うござるか。ほんとに姫君も、お父上の本田正延様譲りの頑固さでございますな」

戸村は苦笑いし、頭を振った。

文史郎はうなずいた。

「お気の毒だが、お世継については、綾姫に婿養子を迎えるのはあきらめなさるほかはありますまい。余計なお節介ではござろうが、本田正延殿のご兄弟か従兄弟、あるいは他藩の藩主につながる、しかるべき方を養子に迎える準備をなさった方が賢明かと思うが」

「……その方途については、藩邸に戻り、御館様や奥方様と、よく話し合って決めたいと思います」

「うむ。それがしの力が及ばず、申し訳ないと、本田正延殿や奥方様にはくれぐれも謝っておいていただきたい」

「はい。ところで、殿には、ほんとうにご尽力いただき、まことに恐縮しごくに存じております」

戸村は深々と頭を下げた。

「何もできなかったのだから、礼には及ばぬ」

「いったい、姫君が恋心を抱いた相手とは、誰でござろうか？」

「それは、それがしにも分からぬこと。姫君は、頑《かたく》なに相手のことを隠されておられる」

「もしや、小姓の前田軍蔵ではありませぬか？　いつも前田は姫君の身辺を警護するうちに、姫君と情を通じる間柄になったと」

「ううむ。どうであろう。それがしも、そうではないか、と疑ってはいるが、姫君のほんとうの気持ちは分かり申さぬ。ほかに思い当たる男はおらぬのか？」

「姫君に思いを寄せる方は、多々おりましたが、姫君はこれまでことごとく縁談をお断わりなさった。残るは側近の若者しか、考えられないのでござる」

「いま一人、馬廻り組の若侍がおったのではないか？」

「服取慎造でございますか？」

「うむ。その服取慎造が、姫君たちが出奔して間もなく同様に出奔した話を申したら、知らなかった様子で、かなり驚いておられたが」

戸村は溜め息混じりに頭を振った。

「さようでござるか。服取慎造は、前田と同じく、姫君の身辺を警護する一人で、やはり、姫君に恋心を抱いているのではないか、と噂されておる若侍でござった」

「やはり、そうであったか」

「ですが、服取慎造の父親服取参造《さんぞう》が筆頭家老派に属しており、当然、慎造も筆頭家老派と思われる。おそらく服取慎造は、筆頭家老柴田泰蔵殿の密命を帯びて出奔したのではないか、といわれておるのです」

「密命だと？　どのような密命を帯びているというのか？」

「姫君が密かに想う相手を暗殺し、姫君を無理にでも連れ戻すこと。筆頭家老一派は、姫君を監禁してでも、安房華房藩主の三男西尾忠紀と婚姻させようと画策していると思われます」

「本田正延殿が、そのような筆頭家老派の目論みを許すとは思われないが」

「それは筆頭家老派も、承知の上です。御館様が病弱で、長くはないのを見越しての考え。もし御館様さえ、お亡くなりになれば、筆頭家老派の天下となり、目論み通りにことは運ぶことでしょう」

「防ぐ手はないのか？」

「それが、御館様が御生存のうちに、姫君が我らが推す上野高崎藩の大河内輝昭様との婚姻を御決意なさり、結納を取り交わしていただければ、筆頭家老派の目論見は水泡に帰すわけでございます。そうなれば、柴田泰蔵殿は失脚し、隠居の身になりましょう」

「で、おぬしが筆頭家老になるのだな」

「それは分かりませぬ。もし、御館様のお許しが出れば、そうなるかと」

文史郎は左衛門と顔を見合わせた。

「なるほどのう。ところで、服取慎造は、なぜに、藩邸から姿を消したのか？　出奔せずとも、姫君を追うことができたであろうに」

「いや、もし、服取慎造が脱藩せずに、姫君の思う相手を消すようなことがあったら、筆頭家老の責任が問われるのは必定。それを避けるための脱藩と思われます」

「綾姫や前田軍蔵も脱藩したのではないのか？」

「いえ。綾姫様も前田軍蔵も、出奔しているが、これまでのところ、脱藩扱いにはなっておりません。あくまで一時的に出奔したという扱いでございます」

「では、前田は、おぬしたちの派の者か？」

「そうならば、こんなに苦労はしません」

「前田は筆頭家老派なのか？」

「前田は、どちらでもありますまい。強いていえば、姫君派とでもいいましょうか。姫君の身を案じて、お守りするのを使命と感じているものと思われます」

「前田軍蔵は、服取慎造と幼なじみで仲がよかったときいたが」

「はい。服取慎造と前田軍蔵とは、少年のころから、藩の道場で常に一、二の席次を争っていた好敵手でござった。仲はよかったが、どちらも相手に負けぬように剣の腕を磨いて育った。どちらが強いか分からぬ剣士でござる」

「剣の流派は？」

「二人とも、神道無念流《しんとうむねんりゅう》皆伝《かいでん》の腕前」

「ふうむ。では、もし、綾姫が想う相手が前田軍蔵であったら……」

「おそらく服取慎造は前田軍蔵を暗殺しようと付け狙うことでしょう。そして、暗殺した暁には、今度は姫君を拉致してどこかに軟禁し、御館様がお亡くなりになるまで待つ魂胆ではなかろうか、と想いますな」

「……ふうむ。厄介なことになったな」

文史郎は左衛門と顔を見合わせた。

一難去れば、また一難か。

文史郎は、政争の具になっている綾姫が、つくづく気の毒になった。

こうなったら、とことん綾姫をお守りし、姫君が思う相手と添い遂げさせてあげるのも悪くないな、と文史郎は思いはじめていた。

六

あたりは薄暗くなっていた。

秋の日は暮れるのが早い。いつしか、富士山にかかる雲が茜色に染まっている。

文史郎は左衛門を伴い、懐手をしながら、ゆっくりと歩いた。

北風が足許を吹き抜けて行く。木の葉が舞い上がり、街角は寒々とした光景になっている。

「爺、どうしたものかのう」

「殿、いまさら申し上げるのは、なんですが、どこからもお金が入らず剣客相談人の商売は上がったりです。なんとかせねば、なりませんぞ」

「そうだのう」

姫君捜しの謝礼は出ないし、十人の娘たちを救い出した件も謝金はなしだ。姫君をお守りするとはいったものの、これまた金は一銭も入らない。

かといって、いまのところ、他に稼ぎになる仕事はない。

文史郎と左衛門の足取りは、道場に近付くにつれ、ますます重くなった。

大瀧道場が見える稲荷神社の前に差しかかったとき、境内からばらばらっと黒装束の一団が走り出て、文史郎と左衛門を取り囲んだ。

「何者だ！」

文史郎は、左衛門と背中合わせに軀をつけ、黒装束たちに対した。

通行人が慌てて逃げて行く。

「剣客相談人大館文史郎殿とお見受けしたが、相違ないな」

黒装束の頭らしい黒頭巾が文史郎にいった。

「いかにも、拙者、相談人の大館文史郎だ」

「拙者は、同じく篠塚左衛門」

左衛門は鯉口を切り、大声でいった。

頭らしい黒頭巾は含み笑いをした。

「おぬしらのお命頂戴仕る」

その声を合図に、黒装束たちは一斉に白刃を抜いた。

「なにい、われらの命を貰うだと」

文史郎も鯉口を切った。左衛門は抜刀した。

「貴様らは、何者だ？」

無言で黒装束たちは斬りかかった。

三人一組で襲いかかる。左右の黒装束が下段と中段、正面の黒装束が上段から刀を振りかざす。

文史郎は抜き打ちで、左右の黒装束を斬り払い、身を翻すと、正面の敵の刀を刎ね上げた。

左衛門も左右の敵を打ち払い、正面の黒装束と斬り結んでいる。

「おぬしら、柳生《やぎゅう》か」

「………」黒頭巾は答えなかった。

「お庭番だな？」

黒頭巾は黙ったままだった。

そのとき、道場の方角から喊声が上がった。

弥生や大門、師範代の武田広之進、四天王の高井真彦たちが、木刀や木槍を手に手に、怒声を上げて駆けて来る。

「殿、助太刀申し上げる」

弥生のよく通る声が響いた。

「殿おお」「待て待て、拙者が相手をいたす」

弥生たちに混じり、前田軍蔵の姿もあった。

大門が大音声を立てた。

稽古着姿の門弟たちが押し寄せる。その数は四、五十人で、黒装束たちの三倍はいる。

「邪魔が入ったか。引け引け」

頭らしい黒頭巾が大声で怒鳴った。

黒装束たちは、抜刀したまま、一斉に道場とは反対方向に走り出した。

「剣客相談人、おぬしら、綾姫様から手を引け。引かねば、何度でも襲う。いいな。警告したぞ」

黒頭巾は最後に言い残し、黒装束たちのあとに続いた。

「殿、ご無事ですか」

弥生や武田広之進が文史郎の前に走り込んだ。前田軍蔵の青ざめた顔もある。

高井や藤原、北村たちが木刀を掲げ、黒装束のあとを追おうとした。

「皆、逃げる者を深追いはするな。相手はそれがしたちが狙いだ」

文史郎は追いかけようとした門弟たちを停めた。

高井たちの足が止まった。

「わしらは大丈夫だ」

文史郎は血刀を懐紙で拭った。左衛門も肩で息をしながら、刀を納めた。

弥生が文史郎に訊いた。

「殿、あやつら、何者です？」

「分からぬ。ただ、姫君から手を引けといっていた。おそらく安房東条藩の者ではないか、と思う。きっと筆頭家老派の刺客たちだ」

前田軍蔵が刀を腰の鞘に納めながら首を傾げた。

「どうした、前田」

「はい。あの頭《かしら》の声は聞き覚えがあります」

「誰だ？」

「物頭《ものがしら》の服取参造様の声ではないか、と」

「なにい？　服取慎造の父参造だというのか？」

「そうではないか、と思います。黒頭巾を被っていたから、しかとは分かりませぬが」

文史郎は左衛門と顔を見合わせた。

ふと首筋に強い視線が当たっているのを感じた。振り向くと、またも、あの浪人者が静かに立っていた。

「おぬし、何者だ」

文史郎は声をかけた。浪人者は何も答えず、くるりと踵を返し、暗がりに姿を消した。

弥生が浪人者の背中を見ながらいった。

「殿、あの浪人者が道場に来て、お殿様たちが黒装束たちに襲われている、と大声で報せてくれたのです」

「またも、あやつに借りができたか」

文史郎は頭を振った。

七

夜はしんしんと更《ふ》けて行った。

月明かりが街を照らしていた。

どこかで犬が遠吠えをしている。

掘割の水面に月影が映え、細波《さざなみ》にきらめいていた。

二艘の猪牙舟が並んで、静かに波を蹴立てて滑るように移動していた。

二艘の舟上には、それぞれ、船頭を入れて四人ずつの影法師が分乗していた。

右の舟には、船頭の玉吉、文史郎、大門、左衛門。

左の舟には、玉吉の船頭仲間の磯吉《いそきち》、同心の小島、忠助親分と末松の四人だ。

右側の舟の櫓を漕いでいるのは玉吉だった。玉吉はゆっくりと櫓を漕ぎながら、船上に座った文史郎にいった。

「音吉が安房東条藩の中間《ちゅうげん》を使って、調べ上げました。昨夜、扇屋京兵衛と密かに会っていた武家は、物頭服取参造でやした」

「そうか。夕方、その服取参造が率いる黒装束たちに襲われた」

「そうでござんすか。その黒装束たちは、安房東条藩のお庭番でやす」

「やはりそうか？」

「中間によると、服取参造はお庭番頭《がしら》で、筆頭家老柴田なにがしの懐刀だそうです」

「そうか。道理で一糸乱れぬ動きで、余たちを攻め立ておった。あの三人一組の陣形は、柳生の三星陣《さんせいじん》だな」

舟の中程に乗った大門の影が暗がりから声をかけた。

「殿、その三星陣とは、どのようなものなのでござる？」

「三人で一人を囲み、三方から斬りかかる殺法だ。斜め正面の二人までは、なんとか斬り結ぶことができるが、普通の剣士では、とても背後からの三人目の刺客には対応できぬ。だから、三人の誰かに仕留められる。必殺の殺法だ。たまたま余と爺は、背中合わせで闘ったので敵の三星陣がうまく働かなかった」

「なるほどのう。そんな殺法もあるのですか。それにしても、殿も爺様も運がいいですな。そんな殺法から逃れられるとは」

大門の影は感心したようにいった。

船頭の玉吉が低い声で告げた。

「間もなくです。声を落としてください」

玉吉は櫓を漕ぐのをやめ、竿に切り替えた。

並走する舟の船頭も漕ぐのをやめた。二艚の舟は惰性で船着き場に向かって動いた。

玉吉は竿を川底に差して、舟を巧みに船着き場に寄せた。

もう一艚も、玉吉の漕ぐ舟に横付けになった。

玉吉はひらりと小さな桟橋に飛び降り、舟縁を摑んで、舟を桟橋に横付けした。

もう一艚の舟の船頭磯吉は、玉吉の舟と船縁を接し、縄で舳先と艫《とも》を繋いだ。

玉吉は一早く、岸辺に上がり、暗がりを急いだ。

文史郎、左衛門、大門の順で桟橋に移った。

もう一艚からも、小島、忠助親分、末松の影が岸に上がり、最後に磯吉が岸辺に続く。

玉吉は無言で手招きし、みんなの先に立った。

月明かりの下、黒々と影を作って仕舞屋が並んでいた。いずれの家も垣根に囲まれている。

どの家も寝静まり、家の中の灯は消えていた。

四軒目の仕舞屋の垣根に近付くと、黒い影法師一人、音もなく、玉吉の前に現れた。

音吉の声が囁いた。

「兄貴、ちょうど、公典の野郎がのこのことやって来ました」

玉吉は文史郎を振り向いた。

「殿、野郎、まんまと罠にかかりやしたぜ」

「そうか。かかったか」

文史郎は左衛門と大門に合図をした。

音吉と玉吉が先に立ち、八つの影法師はめざす仕舞屋に走った。途中、八つの影は二人ずつ四組に分かれ、仕舞屋の裏口、表の玄関、庭、離れの四カ所に散った。

文史郎は、左衛門とともに玄関に立った。

家の中から怒鳴り声がきこえた。

「公典、こんな夜中に、どうして。ここへ何しに来たんだ？」

「あんたが、俺に大事な話があるから、至急に来いと使いを寄越したんじゃねえのかい」

「馬鹿な。わしは、そんな使いは出しておらん。もしや、これは罠だ」

家の中の灯がふっと消えた。

「罠だって？」

掃き出し窓の障子戸ががらりと引き開けられた。

庭先に大門と小島の影が立った。

「神妙にお縄につけ」

小島が怒鳴った。

「逃げろ」

障子戸が閉じられ、二人の影が玄関に走った。

玄関の格子戸が開いた。

二つの人影が玄関から転がり出た。

「逃がしはせぬぞ」

文史郎は一人の髷を掴み、その場に捩じ伏せた。

「痛てて痛てて」

公典が悲鳴を上げた。

もう一人の影は、左衛門を突き飛ばし、また家の中に駆け戻った。

裏木戸で揉める声がした。

「てめえ、神妙にしやがれ」

忠助親分の怒声が飛んだ。

物が壊れる音がして、そちらでも騒ぎは治まった。

離れから女の悲鳴が上がった。離れの廊下から、玉吉と磯吉の影に連れられた寝巻姿の女が座敷に入って来た。

「大人しくしやがれ」

忠助親分が怒声を上げて威嚇した。

末松が座敷の行灯に灯を入れた。ついで蠟燭にも火を点けた。

ほんのりと明るくなった部屋の真ん中に、扇屋京兵衛と南海屋の若旦那公典、それから扇屋の女房の三人が集められた。

大門と左衛門、小島が刀の抜き身を、三人の目の前にちらつかせた。

「こう見えても、扇屋京兵衛は男でござる。ちょっとやそっとの脅しは通じないぞ」

扇屋京兵衛はどっかりと座敷に座り込み、周りを囲んだ文史郎たちを見回した。

文史郎は蠟燭を持ち、灯を顔にかざしながら、扇屋京兵衛に屈み込んだ。

「扇屋京兵衛、それがしが誰か分かるか」

「いや、存じませんな」扇屋は平然と答えた。

「け、剣客相談人のお殿様」

代わりに公典が震え声でいった。

扇屋は初めて気付いた様子だった。

「ほほう。剣客相談人でしたか」

「そうだ。それがしは、おぬしに、首に千両の賞金をかけられた剣客相談人の文史郎だ。よくぞ高額な賞金を首にかけてくれて、ありがとうよ。礼をいっておく」

扇屋京兵衛は顔色も変えず座っている。

「あんた、どうなってんだよ」

女房もがたがた震えながら、扇屋京兵衛に寄り添った。

「がたがた騒ぐな。人間死ぬ時は、いつか来るんだ。もう覚悟は決まっておる」

扇屋京兵衛は落ち着いた声でいった。

文史郎は、公典に蠟燭の灯を向けた。

公典はすっかり怯えきっていた。

「剣客相談人、か、金なら、いくらでも出す。お願いだ。命だけは助けてくれ」

「公典、昨日、おぬしの親父政兵衛としんみりと話し合った。おぬしの今後をどうするか、って話だ」

「……どうするって?」

文史郎は答えずに続けた。

「公典は自分で撒いた種なのに、吉原を出入り禁止になったのは、それがしたちのせいだと逆恨みし、闇の差配人、扇屋京兵衛に頼んで、それがしたちの首に懸賞金をかけた。おかげで、わしたちは、どこへ行っても、賞金稼ぎの殺し屋たちにつきまとわれることになった」

「…………」

「そこで南海屋の政兵衛と話し合った結果、懲らしめのため、今度は政兵衛がお金を出すからと、扇屋京兵衛と同業の闇の差配人に依頼し、公典と扇屋京兵衛の二人の首にも賞金をかけることにした」

「なに、わしの首に懸賞金をかけたというのか」

扇屋京兵衛は思わず声を出した。文史郎は無視した。

「まあ、よくきけ。おまえの親父政兵衛は、おまえを勘当することにした。もはや、我が子ではない、と。親子の縁を切るそうだ」

「そんな……」

「公典、おまえの首には、まず百両かける。襲われても生き延びるたびに、差配人が百両ずつ上げるようにする、となる。おぬし、ここから自由になっても、はたして何百両まで生きていけるかのう」

「……もう勘弁してくれよう。そんなの嫌だ。勘弁してくれよう」

公典はおろおろ泣きはじめた。

文史郎は扇屋京兵衛に向いた。

「扇屋京兵衛、おぬしには、特別にそれがしよりも高い二千両をかけることになった。うれしいだろう」

「二千両首……いったい、その差配人は誰なんです？　仲間を裏切って」

「今夜のうちに、おぬしたちの賞金首の話がばらまかれ、口から口へと噂が広がっていくんだ。おぬしら、自由になっても、これからは戦々兢々《きようきよう》、いつも人の目を気にして、びくついて生きていくことになる。どうだ、楽しいだろう?」

「同業者のわしの首に賞金をかけるなんて、いったい、どこの誰だ? まさか、浅草の徳市《とくいち》じゃあないだろうな。そうか、木場《きば》の鈴吉《すずきち》か。あいつなら、わしを恨んでいたからすぐ裏切る」

「誰だっていいだろうが。もう決まったんだ」

「まさか、総元締めの……伽《か》兵《へ》衛《え》親分か? 伽兵衛親分ではないだろうな?」

扇屋京兵衛は、喉仏を上下させた。

「どうだ、公典、賞金首にさせられた気分は?」

公典は土下座した。

「剣客相談人様、謝る。土下座して謝る。もう二度と、こんなことはしない。だから、なんとか、その伽兵衛親分さんに執り成して、おれたちの賞金首を取り消してもらえないだろうか?」

文史郎は左衛門や小島と顔を見合わせた。

「公典、本心から謝るか?」

「へい。改心します。だから勘弁してください」

「親父の政兵衛が、いっていたことを申し伝えよう。もし、公典が心から改心し、真面目に丁稚修業からやり直すなら、賞金首を解除してやってもいい、と」

「親父が……」公典は目を手で拭った。

「どうだ？　ほんとうに改心するか？」

「改心します。ほんとうに真面目に丁稚奉公からやり直します」

「ほんとうだな？」大門が尋ねた。

「ほんとうです。神仏に誓って」

　左衛門がいった。

「おまえの賞金首を解除するには、まだ条件がある。第一に、おまえが、店からくすねた金子《きんす》一万両を耳を揃えて親父に返すことだ」

「はい。少し遣ってしまったので、一万両には少し足りないけれども、九千両はあるはず」

「どこに隠してあるのだ？」

「預けてあるのです」

「どこに？」

「札差の京極屋《きょうごくや》さんに」

「証文はあるのか？」

「ここに」

公典は懐から財布を取り出し、紐を解いた。財布の中に手を入れ、何枚もの預かり証文を取り出した。

「よし、その証文を残らず親父さんに返せ。いいな」

「はい。返します」

「もう一つの条件がある。わしらの賞金首を取り消すことだ」

「どうやって取り消すのか、分からない」

「闇の世界に、懸賞金は金がなくなったから払えないということを流せばいい」

文史郎が付け加えた。

「それは闇の差配人がやってくれる」

「でも、俺が知っている差配人は、ここにいる扇屋京兵衛さんだけです」

文史郎は扇屋京兵衛に顔を向けた。

「扇屋京兵衛、おまえは、どうする？」

「どうするといっても……」

「おぬしの首にかけた二千両の賞金を取り消してやってもいいが、その代わり」

「その代わりに？」

「わしらの首にかけられた賞金を取り消せ」

「そうすれば、わしの首にかけられた二千両の懸賞金も取り消すのですな」

「そうだ」

小島が文史郎に代わっていった。

「いい取引だぞ。もし、取引に応じなければ、おまえを捕らえて、獄へ送る。二千両首の話もいっしょにな。獄に入ったら、どうなるか想像してみろ」

「分かった。取引しよう。取引させてくれ」

扇屋京兵衛は賞金首をかけられていることが、急に恐くなったのか下手《したで》になった。

文史郎は申し付けた。

「よかろう。すぐに政兵衛に使いを出して、おぬしの賞金首を取り消させてやろう。だが、もし、おぬしが約束を違《たが》えたら、おぬしの首に賞金二千両をかけるように手配する。いいな」

「分かった。直ちに、取り消す。それで勘弁してくれ」

「いいだろう」

文史郎はうなずいた。

扇屋京兵衛は心配顔になった。

「ただ一つだけ、心配がある」

「なんだ？」

「一人だけ、たとえ賞金首を取り消しても、剣客相談人の首を狙う浪人者がいる。先生を止めることはできない」

文史郎は、あの浪人者だ、と直感した。

「その浪人者は、どんな剣士だ？」

「人を殺すのを生き甲斐にしている。剣は無類に強い。これまで、何人殺めたか、数えきれぬそうだ。己よりも強そうな剣の遣い手と勝負し、必殺の無常剣《むじようけん》で相手を倒すのを、喜びとしている」

「無常剣だと？」

「はい。尾埜了斎《おのりようさい》先生が開眼した剣です」

「どのような剣なのだ？」

「一切の物は生滅、変化し常住ではないこと。それを剣の心として体現せしものとおっしゃっておられた」

「ふうむ。無常のう」

文史郎は浪人者の容貌を思い浮かべた。恐るべき殺人剣だ。はたしておのれの活人剣で勝てるのか？　自信がなかった。

「殿、そろそろ引き揚げましょう」

左衛門がいった。

文史郎は念を押すようにいった。

「公典、おまえは、いっしょに連れて行く。親父の許に戻るのだ。さきほどの決心、忘れるでないぞ」

「はい」

公典は素直にうなずいた。

今度こそ、公典は立ち直ってほしい、と文史郎は願った。

八

ひたひたと寄せる人の気配を感じた。

弥生は、はっと目を覚ました。

庭に大勢が密やかに動く気配がある。
曲者!
弥生は枕元に手を延ばした。ない。
刀がない。
弥生は掻い巻きを撥ね除けて飛び起きた。
部屋に人の影があった。
殺気。
弥生は咄嗟に箱枕を摑み、影に投げた。
投げながら前転し、床の間の刀掛けに手をかけた。
手が空を切った。刀が消えている。
「曲者! 出合え出合え」
弥生は叫びながら、刀掛けを手に摑んだ。
影が斬りかかる。
弥生は刀掛けで刀を受け、影の足を払った。
「うっ」
影は、暗がりの中、ものの見事にひっくり返った。

「おのれ」

影は怒声を上げ、起き上がろうとした。

弥生は影の頭に刀掛けを振り下ろした。

影は動かなくなった。

別の影が、弥生に斬り込んで来る。

弥生は転がって刀を避け、動かなくなった影の手から刀をもぎ取った。

刀を振り下ろそうとする影の胴を刀で払った。

確かな手応えがあった。相手はきりきり舞いしながら襖を破って隣の部屋に転がり込んだ。

「曲者だ！　姫君、逃げられよ」

控えの間の前田軍蔵の怒声がきこえた。

「姫」

弥生は叫びながら、隣の部屋に走り込んだ。

ようやく目が闇に慣れて来た。

綾姫の寝ていた部屋にも、数人の黒い人影が動いていた。

「曲者め、下がれ下がれ！」

お絹の声も響いた。

数人の影が綾姫とお絹の影を押さえつけ、紐で縛ろうとしていた。

「前田、助けて」「誰か来て！」

綾姫とお絹の悲鳴が上がった。

「姫、お助けいたす」

弥生は刀を振りかざして、隣の部屋に走り込んだ。

影の一人が弥生に斬りかかった。弥生は影に突きを入れた。

ぬるりと刀は相手の腹に入り込んだ。

相手は弥生に摑みかかる。弥生は刀を相手から引き抜いた。

生温かい液体が噴き出し、弥生の顔にかかった。

弥生は、綾姫やお絹を縛ろうとしていた影たちに刀を向けた。

数人が綾姫やお絹を突き放し、刀を抜いて斬りかかる。

「おのれ、邪魔するか」

「姫、お絹、お助けいたす」

弥生は、斬りかかる相手の刀を撥ね除け、切り返した。

「打ち込め」

庭で怒声が上がった。

庭の雨戸が蹴り破られた。庭から、いくつものがんどう提灯の灯りが現れ、部屋の中を照らしながら、黒い影がどっと駆け上がった。

がんどう提灯の灯りが弥生の顔を眩しく照らした。

弥生は腕で光を遮った。

黒装束たちが殺到し、弥生や綾姫がいる部屋に走り込んだ。

弥生は三人の黒装束に囲まれた。

がんどう提灯が弥生の目を射った。

三方から刀が迫る。弥生は咄嗟に軀を回転させ、その回転力で刀も回した。

三人の黒装束は、回転する刀にあおられ、弥生に斬りかかれない。

弥生は移動して、素早く床の間の柱を背にした。ほっと息を整えた。

これで、背後からの攻撃は避けられる。三人は左右と正面からしか斬りかかれない。

廊下の方でも斬り合いが起こっていた。

がんどう提灯に照らされる中、前田軍蔵が一人、また一人と黒装束を斬り倒しているのが見えた。

前田は冷静だった。三方から囲まれたと見ると、素早くそのうちの一人と斬り結び、鍔競合いをしながら、残る二人の攻撃を避けている。

ついで、その相手を斬って倒し、残る二人の一人とまた鍔競合いになり、その相手を盾にして、もう一人の攻撃を避ける。隙を見て、鍔競合いをしている相手を突き離して斬り、三人目の相手と斬り結ぶ。

前田軍蔵は、続いて立ちはだかる黒装束たちを斬り払い、綾姫とお絹の許に駆け込んだ。

そこでも、前田は黒装束たちを瞬く間に斬り伏せ、綾姫とお絹を背後に庇って、膝立ちになった。

弥生も一気に前にいる黒装束に斬り込んだ。

黒装束たちは、弥生の勢いに押され、道を空けた。

弥生は刀を振るいながら、黒装束たちの間を走り抜けた。さらに行く手に立ちはだかる黒装束たちを切り開き、前田の隣に走り込んだ。

前田が弥生を援護し、追いかけて来た黒装束を打ち払った。

「弥生殿、姫君を頼む……」

前田はほっとした顔でうなずいた。

前田は脚や胸、腕を斬られ、満身創痍《そうい》だった。

前田一人では綾姫やお絹を守りきれないというのだろう。

綾姫もお絹も懐剣を抜き、胸に構えている。

弥生は唇を噛んだ。

誰か。助けを呼べないか。

「よーし。そこまでだ、前田、弥生、抵抗するのをやめろ。でないと、この者たちの命はないぞ」

頭らしい黒頭巾が叫んだ。

がんどう提灯が、奥から引き立てられた母親の友恵《ともえ》や下女、下男の姿を照らした。

全員、縄で縛られ、あたりを見回している。

「母上！　おのれ、卑怯な」

弥生は臍《ほぞ》を噛《か》んだ。

油断していた。まさか、道場が襲われるとは思っていなかった。

交替で詰めていた殿様も大門様たちも今夜は出払っていた。

師範代の武田広之進は昼間しかない。

いつもは四天王の高井、藤原、北村ら高弟たちも、夜は帰宅して休んでいる。

「刀を捨てろ。捨てなければ、こやつら皆殺しにする」

頭の黒頭巾がいった。

「弥生！　こやつらのいうことをきいてはいけませぬぞ」

友恵の凜とした声が響いた。

「母上！」

がんどう提灯が刀を首にあてられた母親を照らした。

前田が叫んだ。

「やめろ。その人たちは関係ない」

「捨てないのか」

「おぬし、物頭の服取参造殿だろう。卑怯な真似はおやめくだされ」

黒頭巾はたじろいだ。

「やはり、服取参造殿ですな。御存知の通り、それがしの役目は、綾姫様を最後まで守ることでござる。たとえ、何があろうと、刀は捨てません。どうしても、姫をお連れするというなら、それがしを斬ってからにしていただきたい」

「やめて。お願い。母上には手を出さないで」

弥生は真剣に頼んだ。

綾姫も叫んだ。

「服取参造、おやめなさい。その方は、わらわが世話になった方です。手をかけてはなりませぬ」

　黒頭巾は何もいわず、綾姫を無視した。

「前田、まずはおぬしが刀を捨てろ。でないと、ほんとうに殺すぞ」

「服取参造殿、おやめくだされ」

　前田は懇願した。弥生は刀を差し出した。

「分かった、それがしは刀を捨てる。母上には手を出さないでくれ」

「わらわも懐剣を置きます」

　綾姫は懐剣を鞘に戻し、足許に置いた。

「私も、置きます」

　お絹も綾姫に倣《なら》って懐剣を足許に置いた。

「前田は、いかがいたす？　おぬしが刀を下ろさねば……」

　黒頭巾は黒装束たちに斬れと目配せをした。

「分かった。物頭、それがしも刀を下ろす。だから、その方々を放せ」

　前田が刀を畳の上に突き刺し、手を上げた。

　黒装束たちが素早く前田と弥生の刀を取り上げた。

「母上、大丈夫ですか」

弥生は黒装束たちを押し退け、母親に駆け寄って抱え起こした。刀を突き付けていた黒装束は戸惑った様子だった。

黒装束たちは前田を荒縄で縛り上げた。

「姫をお連れしろ」

黒頭巾が命じた。

黒装束たちは綾姫に駆け寄り、両腕を取った。綾姫は腕を振り払った。

「触らないで」

「姫に手荒なことはするな」

前田が怒鳴った。

いきなり、黒頭巾が前田を突き飛ばし、足蹴にした。

「黙れ、前田、小姓の分際で、わしに指図するなど、生意気な」

「恥を知れ。それが物頭のすることか」

「なにい？　わしに説教するというのか？　無礼な」

黒頭巾は腰の刀をずらりと抜いた。

お絹が黒装束たちの手を振り払い、前田の前に駆け寄り、背に庇った。

綾姫も走り寄り、お絹といっしょに前田の盾になった。綾姫が声を張り上げた。

「服取参造。父上にいいつけますよ」

「……姫をお連れしろ」

黒頭巾は苦々《にがにが》しくいい、刀を腰の鞘に戻した。黒装束たちが綾姫の腕を掴み、無理遣り引き離し、連れて行こうとした。

「手をお放しなさい。一人で歩けます」

綾姫は黒装束たちに囲まれ、玄関の方に歩き出した。

お絹は、黒装束たちに腕を取られ、その場に座らされた。

「頭、こやつら、どうします？」

黒装束の一人が黒頭巾にきいた。黒頭巾は黒装束に小声で命じた。

「始末しろ」

「え？　始末するんですか？」

「そうだ。後腐れないように全員始末しておけ。いいな」

黒頭巾は引き揚げようとした。

黒装束の男は慌てて引き止めた。

「しかし、頭」

「わしの命令がきけないというのか？」

「………」

黒装束はみんなと顔を見合わせた。

黒頭巾はぎらりと刀を抜いた。

「始末できぬというのか？　では、わしが見本を見せてやる」

黒頭巾は後ろ手に縛られて座っている前田に刀を振り上げた。

「何をするか！」

弥生は黒頭巾に突進し、体当たりした。

同時に前田も立ち上がり、近くの黒装束に頭突きを入れて転がった。お絹が前田に駆け寄り、荒縄を解きにかかった。

綾姫がまた駆け戻り、前田を背に庇い、黒装束たちに叫んだ。

「あなたたち、下がりなさい」

黒頭巾は弥生に組みつかれて畳の上に倒れた。

「な、何をする、このアマ。手討ちにしてくれん」

黒頭巾は弥生の手を振り解き、立ち上がった。弥生に刀を振り上げた。

目の前に縄が解かれた前田が飛び込み、弥生を背に庇った。

「おやめくだされ」

「前田、邪魔するな」

黒頭巾は刀を前田に振り下ろした。

黒いものが空を切って飛んだ。弥生は息を飲んだ。

石飛礫《つぶて》？

石飛礫が黒頭巾の刀を握る手に当たり、手許を狂わせた。刀は逸《そ》れて前田の右腕を薙ぐように斬った。

お絹が悲鳴を上げて、前田に駆け寄って、背に庇った。

「斬るなら、私をお斬り」

「どけ。邪魔だ」

二発目の石飛礫が黒頭巾の顔に飛んだ。黒頭巾は思わず仰《の》け反《ぞ》り、目を押さえた。

「な、何やつ」

前田軍蔵は、腕を斬られたが、なおも、黒頭巾に立ち向かおうとしていた。弥生とお絹、綾姫の三人が前田を必死に止めて、背に庇った。

「前田、しっかり」「もう、やめて」「前田様、しっかりして」

「待て待て！」

庭から白い影が無言のまま部屋に駆け上がった。黒装束たちが、一斉にがんどう提灯を向けた。

かんどう提灯の灯りに、白頭巾の侍が浮かび上がった。

白頭巾は両手を広げて、黒頭巾の前に立ちはだかった。

「お、おまえは」

「父上、おやめください」

その声に綾姫が立ち上がった。

「慎造様」と呟いた。

「慎造、邪魔するか。どけ」

「嫌です」

「おのれ、親に逆らいおって」

黒頭巾は刀を振り上げた。白頭巾は動かなかった。

刀は白頭巾の胸元を切り裂いた。

白頭巾の胸元から血潮がどっと噴き出した。白頭巾はよろめいた。

「父上、御免！」

白頭巾は、よろめきながらも、腰の刀を抜き、抜き打ちで黒頭巾を斬り上げた。

黒頭巾は胸を斬られ、刀を取り落とした。

「慎造、おまえ、わしに、なんてことを」

白頭巾は黒頭巾の前に崩れ落ちた。

「慎造！」

綾姫が悲鳴を上げて駆け寄り、白頭巾の軀にすがった。

「慎造、しっかりして。死なないで」

黒頭巾はふらふらとよろめき、二三歩歩いたかと思うと、どうっと崩れ落ちるように倒れた。

「頭！」

黒装束たちは頭の黒頭巾が倒れたのを見て、動揺した。

急に庭の方が騒がしくなった。

大門の大音声が響いた。

「姫、お助け申す」

文史郎と大門が真っ先に飛び込んできた。

左衛門があとに続いた。

黒装束たちは浮き足立った。

大門が心張り棒を振るい、黒装束たちを薙ぎ倒した。

黒装束たちは、すっかり戦意を喪失していた。

「引け引け」

誰かの声に、一斉に黒装束たちが逃げ出しはじめた。

文史郎は綾姫と白頭巾に駆け付けた。

「姫、大丈夫か」

「は、早く、医者を」

綾姫は泣きながらいった。

文史郎は叫んだ。

「爺、幸庵《こうあん》を呼んで来てくれ」

「はい、すぐに」

左衛門は玄関に走った。

幸庵はシーボルトの教えを受けた蘭医だ。

文史郎が、お絹にも「大丈夫か」と声をかけた。

お絹は前田の頭を抱えて、励ましていた。

文史郎は、綾姫とお絹の様子を見ながら、弥生に歩み寄った。

「私は大丈夫です」

弥生は母の友恵や下女、下男たちの縄を解いた。

大門が文史郎の許にやって来た。

「殿、まさか、こんなことになっておったとは……危なかったですな」

「もっと早く気付けばのう」

「殿、でも、どうして気付いたのです」

弥生が不思議そうにいった。

文史郎は大門と顔を見合わせながらいった。

「実はな、例の浪人者尾埜了斎が、突然、夜中だというのに長屋にやって来てな、大瀧道場が襲われておるぞ、と報せてくれたのだ」

「お殿様の命を狙っている浪人者なのにですか?」

「うむ。そうなのだ。不思議なやつだ。また、借りを作ってしまった」

文史郎は頭を振った。

九

黒装束の者たちは去り、大瀧道場にはいつもの生活が戻っていた。

文史郎は、道場の見所に座って、弥生や師範代の武田広之進が、門弟たちに稽古をつけているのを眺めながら、ほっと安堵の溜め息をついた。

安房東条藩藩主本田正延の世継問題は、兄の大目付松平義睦の仲裁で、筆頭家老柴田泰蔵も次席家老戸村勝善も互いに矛《ほこ》を収めて和解した。綾姫の婿養子を迎えることはあきらめ、両派共同で本格的に養子探しを始めた。すでに、大目付松平義睦の斡旋で、他藩主関連の養子縁組を画策している。

きっといい養子を迎え、本田家も安泰になることだろう。黒船襲来の時代に、はたして安泰の世があるのかどうかは別にだが。

いろいろ、めでたいこともある。

綾姫は服取慎造と結ばれることになるのだろう。いま、奥の離れに怪我で寝ている服取慎造を、綾姫が付きっきりで看病している。

服取慎造も実は綾姫が好きだったことが分かった。

小姓の前田軍蔵が好きだったのは、なんと腰元のお絹だった。

こちらも、重傷で座敷に寝込んでいる前田を、お絹が健気《けなげ》に看護している。

お絹は幼なじみの隆次があきらめきれないのか、と思っていたが、屋敷に上がり、お小姓の前田と会ううちに、前田に情が移ったらしい。

これまた相思相愛ということになる。

彼ら四人の前には、まだまだたくさんの困難が待っているだろう。

だが、一人よりも二人ならば、互いに支えあって、なんとか乗り越えて行けるものだ。そうあってほしい。

稽古着姿の弥生が見所に上って来た。

「殿、妙な小者が訪ねて来て、お手紙をお渡ししたいと申してますが」

「妙な小者だと？」

文史郎は玄関先に目をやった。

年老いた小者が三和土《たたき》にしゃがんでいる。

文史郎は立ち上がり、式台へ歩んで行った。

小者は文史郎に腰を折り、頭を下げた。

「何か、ご用かな？」

「剣客相談人大館文史郎様にございますか？」

小者は恐る恐る訊いた。

「そうだが」

「主人の尾埜了斎からの手紙をお届けに上がりました」

「尾埜了斎殿から？」

浪人者の面貌が目に浮かんだ。

来るものが来たか、と文史郎は思った。

文史郎は式台に正座した。

「御返答をお待ちいたします」

小者は三和土にしゃがんだ。

「うむ」

文史郎は巻紙の書状をはらりと開いた。

黒々と達筆で書かれている。予想通り、果し状だった。

文史郎は心して読んだ。

時は、明夕七ツ半（午後五時）。

中目黒《なかめぐろ》村祐天寺《ゆうてんじ》裏芒《すすき》原にて待つ。

――なお、介添え人、立ち合い人、すべてこれなく、貴殿お一人にて御出でいただきたく。貴殿とそれがし、二人だけで、心置きなく存分に立ち合いたし。不二。尾埜了斎。

文史郎は、二度読んだ。

中目黒村か。

ここから、西におよそ二里半（十キロメートル）はあろうか？

文史郎は頭を振った。

「なぜに中目黒村の祐天寺なのか？」

「旦那様の奥様の墓が寺にあります」

「御新造がおられたのか」

「ですが、先日、奥様は重い病で亡くなられました」

「……気の毒にな」

文史郎は尾埜了斎の心中を察した。

あとに残された者の身を切られるような哀しみ、そして孤独。

「ご返答は、いかに？」

小者は腰を折って訊いた。

「確かにお受けしたと申し伝えよ」

「へい。確かにお受けした、ですね」

「うむ」

「では、御免なすって」

小者は腰を低め、何度もお辞儀をして走り去った。

「殿、いかがなされた」

左衛門が躙り寄った。

文史郎は書状を左衛門に渡した。

「果し状ではないですか？」

「え、果し状ですって？」

弥生が袋竹刀を手に左衛門に走り寄った。

控えの間にいた大門も顔を上げた。

「それがし一人で参る。誰もついて来るな。いいな」

文史郎は左衛門たちに、きつくいった。

十

中目黒村。祐天寺境内の裏。
「あちらで、旦那様はお待ちです」
老いた小者は腰を折り、小高い丘陵の裾に広がる芒の原を指差した。
「うむ」
文史郎は小道を歩きながら、懐から白い布紐を取り出し、手早く襷掛けにした。
白い鉢巻きを額にあて、きりりと締めた。
小袖の下には白い経帷子《きょうかたびら》を着ていた。
尾埜了斎の殺人剣が勝つか、己の活人剣が勝つか。
万が一、尾埜了斎の無常剣に倒れてもよしとする覚悟の死に装束だ。
小道は終わり、あたり一面芒の原になった。
木枯らしが吹いている。
葉を落とした雑木林が、まるで生き物のように、さわさわと音を立てて揺れた。
黄昏の暮色に染まった芒の原が波立ち、幾筋もの風の尾となって棚引いて行く。

文史郎は芒野の中に延びる獣道を掻き分け、一歩一歩歩んで行く。

黄金色に輝く太陽が山の端に沈もうとしていた。

陽は燃え尽きる直前、最後の力を振り絞って、幾重もの燦爛《さんらん》たる光条を放とうとしていた。

尾埜了斎は、その陽を背に立っていた。

了斎は、さんざめく光の輪に包まれていた。

文史郎は足を止めて、光となった了斎を見つめた。

「美しいのう」

尾埜了斎の呟く声が耳朶《じだ》を打った。

万物、滅びゆくものは美しい。

文史郎の心に、了斎の心の声がきこえた。

了斎は夕陽に顔を向け、文史郎に背を向けていた。

「了斎、まだ、それがしを斬って金が欲しいか？」

「もう金はどうでもいい」

「では、なぜ、果し合いをしようというのだ？」

「最後に、おぬしと立ち合ってみたかったからだ。わしの無常剣を受けてみよ」

「おぬしを斬りたくない」

「わしは斬りたい」

了斎の手には、すでに抜かれた刀が下げられていた。

「では仕方がないな」

文史郎も鯉口を切った。

「うむ」

了斎は振り向きもせず、うなずいた。

一瞬で勝負が決まる。

文史郎は、直感した。

それも、燃える陽が山の端に没する、その最後の最後の一瞬に。

了斎は文史郎に背を向けている間、文史郎が決して斬りかからないのを知っている。

勝負は了斎が振り向いたときだ。

立ち合いは、すでに始まっていた。

了斎の全身から、凄まじい剣気が放出されている。

黄金色の陽光の中、了斎の軀から鬼火が立ち昇っている。

文史郎は、ゆっくりと鞘に刀を走らせ、抜いた。

光に包まれた了斎の影は微塵も動かない。

左足を前に半歩踏み出し、抜いた刀を右下段前下方に構えた。

刃を返し、切っ先を地面すれすれに這わせて、後方に引きはじめた。

心形刀流秘剣「引き潮」。

了斎を倒すには、この秘剣しかない。

陽光が断末魔の煌めきを放ちながら、山の端に隠れようとしていた。

黄金色の光条が一閃し、あたりの芒の穂を燃え立たせた。

文史郎の「引き潮」の刃先は、潮力の頂点ぎりぎりにまで引かれていた。

一閃する光とともに、了斎の影が動いた。振り向きざま、光条に乗った了斎の刀が文史郎を襲った。

文史郎は逃げず、その一瞬の煌めきに潮力を解き放った。満を持して引いていた潮は、怒濤の海嘯《かいしょう》となって岩場に打ち寄せる。

了斎の刀が文史郎の軀に触れる寸前、文史郎の刀は了斎の影を切り裂いた。

太陽が山の稜線の陰に没した。

了斎の軀が文史郎の足許にゆっくりと崩れ落ちた。

文史郎は残心に入った。

文史郎も小袖の胸元を切り裂かれていた。白い内袖にまで切っ先は伸び、鮮血が白地に滲みはじめていた。かすかに傷が疼《うず》いた。

薄暮があたりの芒野に押し寄せていた。

了斎が、かすかに身動《みじろ》いで呻いた。

文史郎は刀を地に突き刺して、了斎を抱え起こした。

死相が了斎の顔に現れていた。

「了斎、何か、言い残すことはあるか？」

「……我が無常剣、敗《やぶ》れたり。……」

了斎は死にゆく中、頬を弛めて、笑おうとした。苦痛が顔を歪めた。

「………」

了斎の唇が震え、何かを言おうとした。

文史郎は目を閉じ、心を開いた。心で了斎の思念を感じ取ろうとした。

美しい？

了斎はそういったように感じた。

事切れていた。

痩せた軀から、力が抜けていく。

「文史郎様ーあ」

「殿ーぉ、ご無事か」

弥生や左衛門、大門の声が風に乗ってきこえて来た。

文史郎は了斎の遺体を地べたに横たえ、手を合わせた。

雑木林から、弥生たちが駆けて来る。

文史郎は、陽が沈んだ西方に顔を向けた。

霊峰富士山が残照を浴びて茜色に輝いている。

美しい、死ぬには、いい日和だ。

了斎の呟きがきこえたように思った。

時代小説

二見時代小説文庫

賞金首始末《しょうきんくびしまつ》　剣客相談人《けんかくそうだんにん》13

著者　森　詠《もりえい》

発行所　株式会社　二見書房
東京都千代田区三崎町二－一八－一一
電話　〇三－三五一五－二三一一［営業］
〇三－三五一五－二三一三［編集］
振替　〇〇一七〇－四－二六三九

印刷　株式会社　堀内印刷所
製本　ナショナル製本協同組合

落丁・乱丁本はお取り替えいたします。
定価は、カバーに表示してあります。

 ISBN978－4－576－15010－9
http://www.futami.co.jp/

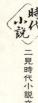

二見時代小説文庫

剣客相談人 長屋の殿様 文史郎

森詠［著］

若月丹波守清胤、三十二歳。故あって文史郎と名を変え、八丁堀の長屋で爺と二人で貧乏生活。生来の気品と剣の腕で、よろず揉め事相談人に！ 心暖まる新シリーズ！

狐憑きの女 剣客相談人2

森詠［著］

一万八千石の殿が爺と出奔して長屋して暮らし。人助けの万相談で日々の糧を得ていたが、最近は仕事がない。米びつが空になるころ、奇妙な相談が舞い込んだ！

赤い風花《かざはな》 剣客相談人3

森詠［著］

風花の舞う太鼓橋の上で旅姿の武家娘が斬られた。釣り帰りに目撃し、瀕死の娘を助けたことから「殿」こと大館文史郎は巨大な謎に渦に巻き込まれてゆくことに！

乱れ髪 残心剣 剣客相談人4

森詠［著］

「殿」は大川端で心中に見せかけた侍と娘の斬殺死体を釣りあげてしまった。黒装束の一団に襲われ、御三家にまつわる奥深い事件に巻き込まれていくことに…！

剣鬼往来 剣客相談人5

森詠［著］

殿と爺が住む八丁堀の裏長屋に男装の女剣士が！ 大瀧道場の一人娘・弥生が、病身の父に他流試合を挑む凄腕の剣鬼の出現に苦悩し、助力を求めてきたのだ。

夜の武士《もののふ》 剣客相談人6

森詠［著］

裏長屋に人を捜してほしいと粋な辰巳芸者が訪れた。札差の大店の店先で侍が割腹して果てた後、芸者の米助に書類を預けた若侍が行方不明になったのだというが…。

笑う傀儡《くぐつ》 剣客相談人7

森詠［著］

両国の人形芝居小屋で、観客の侍が幼女のからくり人形に殺される現場を目撃した殿。同じ頃、多くの若い娘の誘拐事件が続発、剣客相談人の出動となって……。

七人の剣客 剣客相談人8

森詠［著］

兄の大目付に呼ばれた殿と爺と大門は驚愕の密命を受けた。江戸に入った刺客を討て！一方、某大藩の侍が訪れ、行方知れずの新式鉄砲を捜し出してほしいという。

必殺、十文字剣 剣客相談人9

森詠［著］

侍ばかり狙う白装束の辻斬り探索の依頼。すでに七人が殺され、すべて十文字の斬り傷が残されているという。背後に幕閣と御三家の影⁉殿と爺と大門が動きはじめた！

用心棒始末 剣客相談人10

森詠［著］

大川端で久坂幻次郎と名乗る凄腕の剣客に襲われた殿。折しも江戸では剣客相談人を騙る三人組の大活躍が瓦版で人気を呼んでいるという。はたして彼らの目的は？

疾《はし》れ、影法師 剣客相談人11

森詠［著］

獄門首となったはずの鼠小僧次郎吉が甦った⁉殿らのもとにも大店から用心棒の依頼が殺到。そんなか長屋に元紀州鳶頭の父娘が入居。何やら訳ありの様子で…。

必殺迷宮剣 剣客相談人12

森詠［著］

「花魁霧壷を足抜させたい」——徳川将軍家につながる田安家の嫡子匡時から、世にも奇妙な相談が来た。しかし、花魁道中の只中でその霧壷が刺客に命を狙われて…。

進之介密命剣　忘れ草秘剣帖1
森詠［著］

開港前夜の横浜村近くの浜に、瀕死の若侍を乗せた小舟が打ち上げられた。回線問屋の娘らの介抱で傷は癒えたが記憶の戻らぬ若侍に迫りくる謎の刺客たち！

流れ星　忘れ草秘剣帖2
森詠［著］

父は薩摩藩の江戸留守居役、母、弟妹と共に殺されていた。いったい何が起こったのか？　記憶を失った若侍に明かされる驚愕の過去！　大河時代小説第2弾！

孤剣、舞う　忘れ草秘剣帖3
森詠［著］

千葉道場で旧友坂本竜馬らと再会した進之介の心に、疾風怒涛の魂が荒れ狂う。自分にしかできぬことがあるやらずにいたら悔いを残す！　好評シリーズ第3弾！

影狩り　忘れ草秘剣帖4
森詠［著］

江戸城大手門はじめ開明派雄藩の江戸藩邸に脅迫状が張られ、筆頭老中の寝所に刺客が……。天誅を策す「影法師」に密命を帯びた進之介の北辰一刀流の剣が唸る！

与力・仏《ほとけ》の重蔵　情けの剣
藤水名子［著］

続いて見つかった惨殺死体の身元はかつての盗賊一味だった…。鬼より怖い凄腕与力がなぜ〝仏〟と呼ばれる？　男の生き様の極北、時代小説に新たなヒーロー！　新シリーズ！

密偵《いぬ》がいる　与力・仏の重蔵2
藤水名子［著］

相次ぐ町娘の突然の失踪…かどわかしか駆け落ちか？　手がかりもなく、手詰まりに焦る重蔵の、乾坤一擲の勝負の一手！〝仏〟と呼ばれる与力の、悪を決して許さぬ戦い！

二見時代小説文庫

奉行闇討ち 与力・仏の重蔵3

藤水名子［著］

腕利きの用心棒たちと頑丈な錠前にもかかわらず、千両箱を盗み出す《霞小僧》にさすがの《仏》の重蔵もなす術がなかった。そんな折、町奉行矢部定謙が刺客に襲われ…

修羅《しゅら》の剣 与力・仏の重蔵4

藤水名子［著］

江戸で夜鷹殺しが続く中、重蔵は密偵を囮《おとり》に下手人を挙げるのだが、その裏にはある陰謀が！ 闇に蠢く悪の所業を、心を明かさぬ《仏》、重蔵の剣が両断する！

公事宿《くじやど》 裏始末1 火車《かしゃ》廻る

氷月 葵［著］

理不尽に父母の命を断たれ、江戸に逃れた若き剣士は、庶民の訴訟を扱う公事宿で、絶望の淵から浮かび上がる。人として生きるために……。新シリーズ第1弾！

公事宿 裏始末2 気炎《きえん》立つ

氷月 葵［著］

江戸の公事宿で、悪を挫き庶民を救う手助けをすることになった数馬。そんな折、金持ちしか相手にせぬ悪名高い四枚《しまい》肩の医者にからむ公事が舞い込んで……。

公事宿 裏始末3 濡れ衣奉行

氷月 葵［著］

材木石奉行の一人娘・綾音は、父の冤罪を晴らさんと、公事師らと立ち上がる。牢内の父から極秘の伝言は、濡れ衣を晴らす鍵なのか!? 大好評シリーズ第3弾！

公事宿 裏始末4 孤月の剣

氷月 葵［著］

十九年前に赤子で売られた長七は父を求めて、十五年前に十歳で売られた友吉は弟妹を求めて、公事師らと共に闘う。俺たちゃ公事師、悪い奴らは地獄に送る！

公事宿 裏始末5 追っ手討ち

氷月 葵［著］

江戸にて公事宿暁屋で筆耕をしつつ、藩の内情を探っていた数馬。そんな数馬のもとに藩江戸家老派から刺客が⁉ 己の出自と向き合うべく、ついに決断の時が来た！

朱鞘《あかさや》の大刀 見倒屋鬼助《みたおしやきすけ》 事件控1

喜安幸夫［著］

浅野内匠頭の事件で職を失った喜助は、夜逃げの家へ駆けつけて家財を二束三文で買い叩く「見倒屋」の仕事を手伝うことになる。喜助あらため鬼助の痛快シリーズ第1弾

隠れ岡っ引 見倒屋鬼助 事件控2

喜安幸夫［著］

鬼助は浅野家家臣・堀部安兵衛から剣術の手ほどきを受けた遣《つか》い手の中間《ちゅうげん》でもあった。「隠れ岡っ引」となった鬼助は、生かしておけぬ連中の成敗に力を貸すことに…

べらんめえ大名 殿さま商売人1

沖田正午［著］

父親の跡を継ぎ藩主になった小久保忠介。財政危機を乗り越えようと自らも野良着になって働くが、野分で未曾有の窮地に。元遊び人藩主がとった起死回生の秘策とは？

ぶっとび大名 殿さま商売人2

沖田正午［著］

下野《しもつけ》三万石鳥山藩の台所事情は相変わらず火の車。藩主の小久保忠介は挫けず新しい儲け商売を考える。幕府の横槍にもめげず、若き藩主と家臣が放つ奇想天外な商売とは⁉

はみだし将軍 上様は用心棒1

麻倉一矢［著］

目黒の秋刀魚《さんま》でおなじみの江戸忍び歩き大好き将軍家光《いえみつ》が、浅草の口入れ屋に居候。彦左や一心太助、旗本奴や町奴、剣豪らと悪党退治！ 胸がスカッとする新シリーズ！